Cyril Massarotto

Né en 1975, Cyril Massarotto a d'abord écrit des paroles de chansons pour son groupe, Saint-Louis, avant de se sentir à l'étroit dans l'exercice. Il passe donc à la vitesse supérieure et se lance dans l'écriture. Un an plus tard, alors qu'il surfe sur le Net dans un bain bien chaud, une phrase résonne dans sa tête : « Dieu est un pote à moi. » Il sait alors qu'il tient son roman. Publié aux éditions XO, le livre a reçu le prix Méditerranée des lycéens en 2009, et a conquis le public, ainsi que *100 pages blanches* et *Je suis l'Homme le plus beau du monde*, parus chez le même éditeur.

Cent pages blanches est en cours d'adaptation pour la télévision.

JE SUIS L'HOMME LE PLUS BEAU DU MONDE

DU MÊME AUTEUR
CHEZ POCKET

DIEU EST UN POTE À MOI
100 PAGES BLANCHES
JE SUIS L'HOMME LE PLUS BEAU DU MONDE

CYRIL MASSAROTTO

JE SUIS L'HOMME LE PLUS BEAU DU MONDE

XO ÉDITIONS

Le papier de cet ouvrage est composé de fibres naturelles, renouvelables, recyclables et fabriquées à partir de bois provenant de forêts plantées et cultivées durablement pour la fabrication du papier.

ISBN : 978-2-266-21488-9

Aussi loin que je me souvienne, j'ai toujours été beau.

Je dis *beau*, mais dans la bouche des gens j'entends plutôt *canon*, *magnifique*, *sublime*, *incroyable*. Les plus cultivés s'aventurent parfois à qualifier ma beauté de *céleste*.

Plus généralement, en me voyant, les gens disent : « Waouh ! »

Ces mots, je les ai entendus dans toutes les langues, sur tous les tons. On me les a dits en pleurant, en hurlant, ou juste avant de s'évanouir. On me les a dits à voix basse, sans oser me regarder, ou en écarquillant grand les sourcils.

On me les a dits sans ouvrir la bouche, souvent. Rien qu'avec les yeux.

Je suis *l'Homme le plus beau du monde*.

Bien sûr, je suis malheureux.

Pourtant, je n'ai pas toujours vécu cette infortune ; je pense même pouvoir affirmer que le premier tiers de ma vie a été formidable. J'ai passé dix années de bonheur dans un cocon d'insouciance, empli d'une félicité absolue dont je garde la pire des nostalgies : celle qui fait se demander si tout cela n'a pas été qu'un rêve.

Car, pour le reste, depuis l'*événement* jusqu'à aujourd'hui, j'ai l'impression d'avoir vécu un long cauchemar.

L'*événement*, c'est le nom que maman a donné à la mort de mon père. Dans les faits, ce n'est pas un *événement* : c'est un assassinat.

Et c'est ma beauté qui a tué papa.

Mon monde s'est longtemps limité au village que nous habitions avec mes parents, un hameau très isolé, garni d'une centaine d'habitants à peine. Tout était paisible là-bas, j'étais cajolé comme un éternel nouveau-né. On pinçait sans cesse mes joues, on me décoiffait affectueusement ; tous les visages que je croisais étaient invariablement souriants. Choyé, entouré d'affection, d'amour et d'attentions : est-il possible de vivre plus belle enfance ?

Au fil des mois et des années, je compris que je n'étais pas comme les autres. La fenêtre de notre cuisine donnait sur la petite place du village, et je passais beaucoup de temps à observer ce qui s'y produisait. Je repérai bien vite un curieux manège : les sept autres enfants du village grimpaient le matin dans une camionnette qui ne les ramenait qu'en fin d'après-midi. Ils avaient tous l'air contents, ils riaient et se faisaient de grands signes en disant : « À demain ! » Tout cela me paraissait très chouette. Un jour, je demandai à mes parents où allaient les enfants : papa m'expliqua alors ce qu'était l'école.

Je demandai le droit d'y aller, moi aussi, et, si papa semblait d'accord, pour maman, cela était hors de question : l'école se trouvait dans la petite ville voisine, il faudrait me confier à des inconnus, me mélanger à trop d'enfants, me faire courir trop de risques… Et puis elle assurait très bien mon éducation elle-même !

Pourtant, à force de la lourde insistance de papa et, surtout, de crises de larmes de ma part, maman accepta de m'inscrire.

Ce fut à contrecœur, mais elle ne supportait pas de me voir pleurer.

Les jours précédant ma rentrée, j'étais très excité même si maman me mettait en garde : l'extérieur n'était pas comme chez nous, les gens n'étaient pas habitués à moi, ils pouvaient se montrer égoïstes et violents… Cette description m'effrayait quelque peu, heureusement, sitôt maman tournée, papa me faisait *non* de la tête et esquissait une mimique voulant dire : « Ne t'inquiète pas, tout ira bien… »

En effet, il n'y avait pas lieu de m'inquiéter, car dès mon arrivée dans la petite cour de récréation, les professeurs de l'école vinrent me voir, un à un, me gratifiant lequel d'un sourire, l'autre d'une main décoiffant mes cheveux. Couvert de louanges, j'étais émerveillé et rassuré par la bienveillance de ceux contre lesquels maman m'avait pourtant mis en garde : les *autres* étaient en fait des gens formidables.

Les enfants aussi étaient épatants. Ils m'entouraient, me posaient des tas de questions tous en même temps :

« Comment tu t'appelles ?

— On se donne la main ?

— J'ai des bonbons dans mon sac, tu en veux ?

— Moi aussi, j'en ai, des bonbons, meilleurs que les siens ! Je t'en donnerai plein !

— Je peux être ton ami ?

— Moi aussi, ton ami !

— Et moi, je peux être ton meilleur ami ?

— Moi pareil, ton meilleur ami ! »

Nous étions vingt-cinq dans ma classe : en quelques minutes, j'avais vingt-quatre meilleurs amis. Quel bonheur !

Pourtant, je dus déchanter bien vite. La cloche sonna et, lorsque nous nous mîmes en rang par deux, l'enjeu principal pour mes meilleurs amis fut de me donner la main. Ils me tiraient le bras de plus en plus vivement, une bagarre éclata, immédiatement suivie des cris de notre professeur et des pleurs de quelques camarades.

Pendant qu'elle les punissait, la maîtresse ne se rendit pas compte que je pleurais, moi aussi ; à se disputer ma main, quelques enfants m'avaient griffé, et mon poignet était très douloureux.

Ce début aurait dû me décourager, mais j'oubliai vite ces tracas en découvrant la salle de classe : c'était magique. La pièce était très grande, avec des couleurs partout, des livres, des dessins affichés, des lettres, des chiffres, le grand tableau, nos petites tables… Et puis, surtout, je me rendis compte que j'adorais l'ambiance de la classe.

L'agitation qui y régnait.

Chez nous, tout était invariablement calme. Il m'a toujours semblé que nous étions quatre à la maison : papa, maman, le silence et moi. Maman n'allumait jamais la télévision, papa et elle parlaient peu. Alors qu'en classe, il n'y avait jamais de silence. Quand la maîtresse a demandé : « Sortez votre cahier de mathématiques », tous les enfants ont ouvert leur cartable, il y avait des *clics* et des *clacs* qui résonnaient tout autour de moi, et les enfants qui se parlaient tous en même temps. Puis quand la maîtresse a donné un exercice, il y avait toujours un enfant pour chuchoter ou rigoler alors que j'avais bien entendu, cela était strictement interdit ! Ensuite, nous avons chanté, et même joué de toutes sortes d'instruments de musique ! Je n'en revenais pas, j'étais si grisé que la tête me tournait.

Pourtant, l'heure du repas venue, on se disputa pour m'avoir à sa table, et une nouvelle rixe éclata avant même que nous ayons eu le temps de nous asseoir. Quelques élèves furent punis, mais sitôt les adultes partis, les enfants revinrent en courant vers moi : pris dans l'agitation, je trébuchai et un enfant tomba sur moi, me blessant au genou. La directrice arriva en criant, m'attrapa la main et m'isola pour mettre fin à tout ce désordre.

Maman avait donc raison : les autres étaient égoïstes et violents. Pourtant, le soir venu je ne voulus rien lui avouer : j'avais tant insisté qu'un revirement dès le premier jour me paraissait honteux ; j'avais tout de même ma petite fierté.

Le deuxième jour, ma désillusion ne fit que croître. Ma popularité auprès de mes camarades ne faiblissant pas, les bagarres ayant pour enjeu de s'asseoir à mes côtés, de simplement jouer avec moi dans la cour ou partager mon goûter gâchèrent toutes les récréations. La directrice trancha alors pour une solution ferme et définitive : il fallait m'isoler pour mettre fin à tout ce désordre.

Le troisième jour, je me retrouvai donc en classe affublé d'une petite table pour moi seul, alors que toutes étaient doubles ; et je passai mes récréations dans le bureau de la directrice, les pieds ballants sous ma trop grande chaise, à manger ma pomme en sanglotant.

Elle se contentait de me regarder de temps à autre en souriant, une main soutenant son menton, la tête penchée sur le côté. Elle me dit qu'il était désolant de voir un enfant triste, mais que chez moi c'était différent : le chagrin faisait briller mes yeux et les rendait encore plus beaux.

Je rentrai à la maison, triste et apeuré, et ne pus cette fois me retenir de fondre en larmes dans les bras de maman et tout lui raconter. Elle se réjouit de mon retour à la raison et, tout en me rappelant qu'elle m'avait maintes fois prévenu, accepta volontiers de ne plus jamais m'envoyer à l'école ; elle m'offrit même une délicieuse brioche. J'en réclamai une seconde car j'étais vraiment très triste, mais maman refusa, m'expliquant que les brioches n'étaient pas bonnes pour moi, car elles rendent les enfants gros et laids. Je lui demandai ce qu'était un enfant laid : elle me répondit que c'était un enfant à qui personne n'a envie de faire de bisous. Malgré mon amour pour les brioches, ce sort me parut peu enviable.

Nous reprîmes l'école à la maison et les jours s'écoulèrent à nouveau paisiblement ; nos deux à trois heures quotidiennes suffirent pour que j'apprenne à lire et à écrire.

« Regarde comme tu apprends vite ! Avoue que tu es mieux ici que parmi ces sauvages qui ont manqué t'estropier ! »

En effet, maman considérait mon éducation comme une priorité absolue. Du jour où elle s'aperçut que ma beauté était hors du commun – soit dès ma naissance –, elle décida de me donner le meilleur. Elle abandonna son travail dans l'unique but de veiller sur moi ; ce fut un grand sacrifice, car le maigre salaire de papa suffisait à peine à assurer les dépenses courantes. Peu importait à maman qui avait coutume de me répéter, lorsqu'il m'arrivait de rechigner à apprendre :

« Il faut que ton ramage se rapporte à ton plumage, cela est la moindre des choses ! Te rends-tu compte du gâchis si une telle beauté n'était pas accompagnée du plus beau discours et des meilleures manières ? »

Étant de condition fort modeste, elle aurait à l'origine plutôt dit :

« Faut qu'tu causes aussi bien qu't'es beau ! »

Mais, persuadée d'avoir mis au monde un bijou, elle passa son temps à dévorer des ouvrages de grammaire, orthographe, conjugaison, vocabulaire, savoir-vivre et bonnes manières afin de me les transmettre. Au bout de quelques mois, ayant acquis pour elle-même un certain niveau culturel et de langage, elle rétorquait à mon père qui tentait de la raisonner :

« Mon diamant brut se doit d'être poli ! »

Maman était fière de son jeu de mots, mais papa ne comprenait pas. Elle le traitait alors d'ignare désirant le rester, et lui demandait de la laisser bâtir ma légende.

Bâtir ma légende. J'entendais souvent cette expression dans sa bouche, et lui demandai un jour ce que je devais faire pour l'aider :

« Tu n'as rien à faire, ma merveille. Contente-toi de bien étudier, et de ne pas abîmer ton corps.

— C'est tout ? Tu n'as pas de plan ?

— Pourquoi aurions-nous besoin d'un plan ? Quand la nature t'a créé, elle avait forcément une idée derrière la tête. Nous n'avons qu'à attendre. »

En effet, attendre allait suffire ; j'allais devenir une légende bien au-delà des aspirations de maman.

Papa, lui, n'avait pas ce genre d'espérances pour moi. Il disait toujours qu'il fallait que je sois un enfant *normal*, mot qui avait le don de mettre maman hors d'elle :

« *Normal*, dis-tu ?
— Mais oui ! Laisse-le vivre un peu, le gamin !
— Ne l'appelle pas *gamin* ! Et ne vois-tu pas qu'il est unique ? Il est si parfait !
— Il serait mieux avec des habits tachés d'herbe comme les autres gosses, et des chaussures toutes crottées de boue !
— Un souillon, c'est cela que tu veux ? Un petit cochon, un porcelet ? Moi vivante, jamais ! »

Habituellement entouré d'ouate, j'étais très choqué qu'ils commencent à ainsi élever la voix. Mais papa sentait tout de suite mon malaise, s'agenouillait devant moi, et faisait semblant de me voler mon nez entre ses doigts.

Alors je riais. Papa me faisait toujours rire, il adorait s'amuser avec moi. Avec lui, je pouvais faire des choses interdites, les rares fois où maman nous laissait seuls. Avec papa, je pouvais faire du toboggan la tête la première malgré le risque d'érafler mon visage à l'arrivée ; j'avais le droit de me déguiser en monstre ; parfois, il me rapportait un bonbon. Il nous arrivait même de jouer à la bagarre !
Si maman avait su…

Avec le recul, je me dis qu'il aurait sans doute mieux valu qu'elle sache. Qui sait, nous aurions peut-être arrêté nos cachotteries, et papa serait encore avec nous.

À l'approche de mes dix ans, maman déclara qu'un enfant si parfait se devait de vivre un anniversaire d'exception : je n'avais qu'à demander ce que je voulais, mon souhait serait exaucé. Je n'eus pas à réfléchir bien longtemps, car l'envie me taraudait depuis quelque temps : j'avais envie de sortir. Pas seulement dans notre village, non ; sortir plus loin.

Aller à la ville.

Maman fut catégorique : c'était hors de question. Pourtant, j'avais aperçu la ville lorsque la camionnette m'avait conduit à l'école, et l'endroit m'avait beaucoup attiré. Je me rappelais aussi avoir entendu des camarades en parler pendant un des trajets : ils y avaient mangé des tas de choses, acheté des vêtements ou des jeux neufs. Il fallait que je voie cela, que je le vive. Mais maman ne démordait pas de son argumentaire habituel : la ville était un endroit dangereux, il y avait trop de gens, je n'y serais pas en sécurité…

J'en étais presque à abandonner cette idée quand un jour, me heurtant une énième fois au refus maternel, papa me fit un clin d'œil en direction de l'étage. Je le suivis et nous nous arrêtâmes dans ma chambre dont il referma la porte pour me confier un secret de la plus haute importance :

« Mercredi prochain, quand ta mère sera chez le coiffeur, nous allons sortir, toi et moi.

— Sortir ? Tous les deux ?

— Oui. Un après-midi père et fiston, on pourra faire tout ce que tu veux ! Mais tu ne dis rien à ta mère, promis ? »

Fou de joie, je ne répondis même pas, me contentant de lui sauter au cou en gesticulant.

Jusqu'au mercredi, je comptai les jours sur le petit calendrier aimanté à la porte du réfrigérateur, dévoré par l'impatience.

Ainsi commença le pire jour de ma vie : dans un bonheur et un émerveillement sans pareils.

Aujourd'hui encore, vingt ans après, chaque seconde me revient, claire, tendue, limpide. Je revois tout, je revis tout.

La ville est là. Ou plutôt, je suis dans la ville. En plein milieu. Au milieu du bruit, des gens, des couleurs, des lumières. Au milieu du *grand* et du *beaucoup*. Je baisse ma vitre, et sens les odeurs. Cela sent d'abord mauvais, mais en me concentrant je parviens à distinguer quelque parfum agréable, ou une odeur de pizza. Je n'avais jamais humé tant de choses à la fois.

Nous roulons avec papa à la recherche d'une place où garer la voiture, et l'émerveillement m'a déjà envahi. Je regarde les gens marcher et essaie de compter tous ceux que nous dépassons. Un, deux, dix, cent, tout va trop vite, il y en a tellement ! Combien peut-il y avoir de gens, là, dans ces rues ? Et combien d'enfants de mon âge ? C'est presque trop.

Une fois la voiture garée, je m'apprête à ouvrir ma portière quand papa tend son bras et cherche à tâtons sur le siège arrière. Puis il attrape mon menton avec trois de ses doigts et tourne mon visage vers lui :

« On va être prudents, quand même… »

Il visse sur ma tête sa vieille casquette rouge, puis la fait tomber sur mes yeux en tapant sur la visière ; je ris en la remontant.

« Pourquoi tu veux que je la mette ?
— On ne sait jamais… Allez, on y va, fiston ?
— Oui, on y va ! »

Nous sortons de la voiture et, par un réflexe qui me surprend, je lui donne la main : à évoluer parmi cette agitation, à croiser tous ces gens, j'ai besoin de sentir sa présence rassurante.

À chaque mètre parcouru, je suis déconcerté et joyeux. Tout est démesuré, les immeubles sont si hauts… J'avance la tête en l'air quand papa me tire par la main et entre dans un restaurant. Je suis sur le point de lui dire que je n'ai pas particulièrement faim, quand je vois des sandwichs et des frites qu'on mange avec les doigts : je me ravise et commande les plus grosses portions qui existent. En effet, ce genre de nourriture est interdit à la maison ; quant à manger avec les doigts, je n'ai jamais eu ne serait-ce que l'idée de l'envisager. Je dévore à toute vitesse sous le regard amusé de papa qui, pour le dessert, ne m'offre pas une, mais deux glaces. Je crains un instant d'être malade ;

pourtant, il n'en est rien et j'hésite même à en demander une troisième.

De retour dans la rue, mon enthousiasme ne tarit pas. Autour de moi on parle, on s'agite, on vend, on achète… À cet instant, je prends conscience que je n'ai jamais acheté quoi que ce soit : j'en fais part à papa qui m'entraîne alors dans ce qu'il nomme un *grand magasin*.

En fait de grand, l'endroit est immense. On y vend tout ce qu'il est possible de vendre, et sans doute plus encore. Que vais-je bien pouvoir choisir ? Je tire papa pour qu'il marche plus vite, nous arrivons au rayon des bandes dessinées, il y en a des centaines, des milliers peut-être, j'ai envie de toutes les lire, de toutes les acheter. J'en attrape quelques-unes, je regarde les premières pages et découvre des héros affrontant des créatures monstrueuses, des aventuriers faisant le tour du monde… J'opte pour un jeune prince chevauchant un dragon puis je tourne la tête et vois… le rayon des jouets ! Je m'y précipite, comment peut-il y avoir autant de jeux différents, c'est incroyable ! J'ai envie de secouer toutes les boîtes, mon anniversaire va être fabuleux, comme l'a dit maman ! Ah ! j'ai bien envie d'un nouveau ballon aussi… où se trouvent les ballons ? Sans doute là-bas, avec les tenues de sport, oh ! ces deux-là sont magnifiques, je ne sais lequel choisir, peut-être que papa me dira…

« Papa ? »

Je me tourne, me retourne : papa n'est pas là.

« Papa ? »

Mais pourtant je lui ai donné la bande dessinée, et ensuite il a regardé les jouets avec moi… Oui, le rayon jouets, je suis parti en courant, il n'a pas dû me voir, il doit encore y être, vite.

« Papa ? »

Papa n'est pas là. Je panique complètement et commence à courir dans tout le magasin, je cherche partout, mais papa est introuvable.

Alors j'arrête de courir. Et je commence à avoir peur.

Je me recroqueville au sol et les larmes se mettent à couler.

« Quelque chose ne va pas, mon petit ? »

Une dame est penchée vers moi, elle a l'air de vouloir m'aider.

« Qu'est-ce qu'il t'arrive ?
— J'ai perdu mon papa…
— Ne t'inquiète pas, on va le retrouver ! Mais d'abord, on va sécher ces larmes, d'accord ? »

Je hoche la tête, et la femme sort un mouchoir de son sac à main.

« Attends, je vais t'enlever cette grosse casquette qui cache ton visage, et essuyer ces petits yeux qui… Oh ! Comme tu es beau… »

À ce moment-là, un couple passe à notre hauteur et me remarque.

« Incroyable, cet enfant… Vous avez vu ? »

Le couple interpelle d'autres personnes, qui s'arrêtent à leur tour et me regardent avec des yeux ronds. Un homme très grand s'approche et parle à la dame qui s'occupe de moi :

« Il est magnifique, ce garçon ! Mais pourquoi il pleure ?
— Il a perdu son père.
— Oh, le pauvre ! On va l'aider à le retrouver !
— Je m'en occupe, ne vous inquiétez pas !
— Vous êtes qui, vous ? Sa grand-mère ?
— Non, je l'ai trouvé en train de pleurer, je l'aide seulement à…
— Qu'est-ce qui nous prouve que vous voulez l'aider ? Un beau garçon comme ça… Vous voulez peut-être l'enlever ?
— Mais puisque je vous dis que je l'aide !
— De nos jours, vous savez, il ne faut faire confiance à personne ! Alors, laissez le gamin ici, on va s'en occuper ! »

La dame commence à s'énerver, l'homme se met à crier, des gens s'approchent, de plus en plus de gens, et ça ressemble à l'école, tout le monde se bouscule, l'homme me prend la main et me tire, alors la gentille dame me tire encore plus fort vers elle… Je commence à avoir peur et je me remets à pleurer quand, enfin, j'entends la voix de papa :

« Laissez-moi passer ! C'est mon fils ! »

La foule se tait et s'écarte, papa arrive jusqu'à moi, mais personne ne lâche ma main, et le grand monsieur s'adresse à papa :

« Vous dites que c'est votre fils ?
— Oui.
— Donc vous seriez son père ?
— Évidemment !
— Non, justement, ce n'est pas évident. Il ne vous ressemble pas du tout. Vous avez ses papiers pour nous le prouver ?
— Non, c'est sa mère qui les a, et elle n'est pas ici… »

Dans la foule, chacun y va de sa petite phrase :

« Comme par hasard !
— Il ment, c'est évident !
— Il peut pas être le père d'un gosse aussi parfait ! Vous avez vu sa tête ?
— Ouais, c'est impossible, il est même pas beau !
— Il veut l'enlever, c'est sûrement un sadique !
— Salaud ! »

Papa commence à se faire bousculer. Il baisse la tête vers moi et crie :

« Mais dis-leur, toi, que je suis ton père ! »

Pris par mes sanglots, je n'ai pas le temps de répondre qu'une femme l'apostrophe :

« C’est sûr qu’en lui hurlant dessus, il dira tout ce que vous voudrez ! »

La foule se remet à le bousculer. Papa me regarde un instant, et je comprends qu’il va se passer quelque chose : il donne un coup de poing à l’homme qui tient ma main, me prend dans ses bras et joue des épaules pour nous extirper de la foule. Une femme s’accroche à mon T-shirt, finit par l’arracher. J’ai mal et j’ai peur. Papa me tire de plus belle, et nous parvenons à nous enfuir. Mais la foule nous poursuit et il faut courir de plus en plus vite. Nous sommes dans la rue, nous approchons de la voiture quand je me retourne et vois des dizaines et des dizaines de personnes derrière nous, elles hurlent, papa sort la clé de sa poche, tourne la clé dans la serrure, ouvre la porte et me jette sur la banquette arrière, il me crie : « Couche-toi par terre », alors je me blottis entre les sièges. Je ne vois plus rien, j’entends le moteur démarrer, papa qui accélère très fort et des bruits de coups contre la carrosserie. Je sens papa qui accélère encore, la voiture se met à zigzaguer et papa pousse un grand cri, je sens sa main chercher ma tête derrière lui et appuyer fort dessus pour la plaquer au sol.

Et puis, pendant une seconde, l’attente. Ensuite, le choc.

La collision est très violente, il y a un grand bruit, puis plus rien, juste le silence et des points noirs devant mes yeux. Mais je ne flanche pas. Je me touche le visage, je me redresse, j’appelle papa à l’avant. Il ne me répond pas, alors je me faufile entre les sièges et m'assois côté passager.

Papa a la tête contre le volant, les yeux grands ouverts. Il ne bouge plus.

Je vois ses yeux, mais ses yeux ne regardent rien.

Et puis la foule arrive, je l'entends arriver. Les gens s'approchent.

Ils me voient et ils ne crient plus.

Ils me voient prendre papa dans mes bras, essuyer le sang qui coule sur son front avec ma main. Ils me voient appeler papa, attendre qu'il me réponde.

Ils me voient attendre encore.

Puis ils me voient secouer papa par les épaules.

Ils voient la tête de papa qui dodeline doucement.

Alors ils m'entendent hurler.

Je hurle tellement qu'ils reculent, ils s'écartent des vitres, comme s'ils avaient peur.

Et puis ils ne m'entendent plus.

Ils me voient juste pleurer. Ils me voient me noyer dans mon chagrin.

Ce qu'ils ne voient pas quelques secondes plus tard, ce qu'ils ne peuvent pas voir, c'est que je me noie dans ma culpabilité.

Papa est mort par ma faute, je le sais, par la faute de mon caprice, de ma désobéissance.

Papa est mort par la faute de ma beauté.

Les jours qui suivirent n'ont laissé aucune trace. Je ne me souviens de rien. Ou plutôt, rien n'a retenu mon attention.

Simplement, je me suis fait la promesse de cacher ma beauté et de ne jamais plus sortir de chez moi. Avec le recul, je suis fier de constater ma volonté d'alors : en effet, j'allais rester enfermé plus de quatre ans.

Maman ne me parla pas beaucoup de papa. Elle était trop en colère contre lui : j'aurais très bien pu être tué, moi aussi. Elle se contentait, quand je pleurais, de me prendre dans ses bras et de me dire que rien n'était ma faute ; que tout irait mieux, un jour. Pourtant, je ne cessais de m'en vouloir. Si j'avais été moins beau, si je lui avais ressemblé, tout cela ne serait pas arrivé…

Les mois s'écoulèrent, dans le calme. Mes journées étaient toujours les mêmes, sans surprise bonne ou mauvaise. Je m'ennuyais terriblement : c'était peu cher payé pour la mort de papa. Seules mes nuits me tiraient de ma placidité.

Cela commença par un cauchemar. Dans une immense pièce aux murs blancs étaient réunies une centaine de personnes : papa, maman, des professeurs et des camarades de classe, la dame du grand magasin, et d'autres anonymes. J'entrai dans cette pièce et… il ne se passait rien. Personne ne me voyait. Étonné, je me grattais la gorge bruyamment. Quelques têtes se tournaient, posaient sur moi un regard vague et reprenaient leur position initiale. Je n'existais pas. Inquiet, je traversais la pièce en me demandant si j'étais mort, fantôme assistant à sa propre veillée funèbre. Puis, au milieu de la pièce, apparut un grand miroir recouvert d'un drap. Les gens s'écartaient à mesure que je m'en approchais lentement, le cœur battant. J'attrapais le drap et le tirais d'un coup sec. Ce que je vis ne me ressemblait pas. Je n'étais pas celui que maman aimait tant, celui qui existait tellement aux yeux des autres… J'étais quelqu'un d'autre. Quelqu'un qui n'était pas beau. Je poussai un hurlement d'effroi qui se prolongea tandis que je me redressais brusquement dans mon lit. J'eus du mal à me rendormir.

La nuit suivante, le cauchemar revint. Exactement identique à la première fois, ce qui le rendit encore plus terrifiant. Au moment de tirer sur le drap, je souhaitai ne plus voir l'étrange visage ; retrouver le mien pour retrouver les miens. Cela ne se produisit pas, et je me réveillai de nouveau en sursaut.

Le cauchemar me visita ainsi chaque nuit. Il ne changeait pas, mais pourtant, chaque fois, il me faisait un peu moins peur. Ainsi, au fil des nuits et des semaines, au fil des sueurs froides et des réveils en sursaut, ce cauchemar n'en fut plus un. Je l'apprivoisai et, peu à peu, le prolongeai après que la découverte de mon étrange visage ne me réveillait plus. Je pus alors me mettre à arpenter la pièce, à observer les gens, puis à leur parler. De tout, de rien. Cela était agréable, de parler.

Nuit après nuit, sans que je m'en aperçoive, ce cauchemar était devenu un rêve.

Le rêve d'une autre vie. Celui d'un autre visage, qui ne ferait de mal à personne.

Après quelques mois, quand je me fus habitué à ce rêve, il se raréfia puis disparut totalement. Mes nuits devinrent aussi calmes que mes jours.

Au bout d'une année, le calme était devenu solitude.

Passé le cap des trois ans, ma solitude s'était transformée en prison. Malgré cela, je ne remettais pas en cause mon enfermement volontaire et ne cessais de m'en vouloir.

Fidèle à mon serment, j'étais persuadé que ma beauté n'avait plus lieu d'exister, ni pour le monde ni pour moi.

Pourtant, le sort allait en décider autrement ; en guise de sort, la hanche trop fragile de maman.

J'étais enfermé depuis plus de quatre ans quand un matin, maman fit une entrée fracassante dans le salon où je petit-déjeunais : dans un grand cri, elle dévala notre escalier la tête la première. Je bondis pour essayer de la relever, mais la douleur l'en empêchait : le médecin appelé d'urgence diagnostiqua une fracture de la hanche.

Outre la souffrance et les frais d'opération nécessaires à la remettre sur pied, maman était très soucieuse car elle devrait être hospitalisée au minimum dix jours ; or, l'hôpital refusa que je séjourne avec elle. Nous n'avions plus de famille, pas d'amis : personne pour veiller sur moi. L'on nous confia donc aux bons soins d'une assistante sociale qui proposa d'abord de me faire héberger dans un foyer pour adolescents ; maman manqua s'évanouir.

« L'imaginez-vous une seconde, cet enfant si pur, entouré des pires délinquants ? L'avez-vous seulement regardé ? »

La femme me considéra un long moment et acquiesça en me faisant un grand sourire. Vérifiant qu'aucune infirmière n'était en mesure de l'entendre, elle glissa à maman, à voix basse :

« Écoutez, je connais bien le directeur d'un internat très huppé qui n'accueille que des enfants de haute lignée. Quand je lui aurai présenté votre fils, il acceptera sans aucun doute de le recevoir le temps que vous soyez sur pied. Vous comprendrez que c'est une démarche tout à fait exceptionnelle… »

Huppé, *enfants de haute lignée*, *démarche exceptionnelle* : il n'en fallut pas plus pour convaincre maman. Je protestai quelque peu, mais sans grande conviction ; avec le recul, je me dois d'admettre que la situation me convenait, finalement : je pouvais m'échapper de ma prison sans pour autant trahir ma promesse, car cette sortie n'était pas de mon fait, mais imposée par un aléa extérieur.

Le mardi, l'assistante sociale me conduisit donc à ce fameux collège, qui occupait un bâtiment ancien d'aspect très bourgeois – rien à voir avec l'école publique que j'avais connue. Le directeur me reçut fort chaleureusement, se déclarant ravi de m'accueillir au sein de sa noble institution : cet homme était charmant. Il me conduisit à ma classe et me présenta mon professeur ainsi que mes nouveaux camarades.

Il me fallut moins d'une journée pour me rendre compte que les années avaient beau avoir passé, nombre de collégiens avaient la même préoccupation que les écoliers de mon enfance : devenir mon ami.

Seule différence, les filles faisaient systématiquement précéder le mot *ami* du mot *petit*.

Il faut dire que j'avais quatorze ans : l'adolescence était passée par là.

Je constatais que l'adolescence était pour tous le berceau de la peau grasse et le royaume de l'appareil dentaire ; elle était pour tous le terreau des boutons disgracieux et le palais de la voix qui mue.

Pour tous, sauf pour moi.

Ma peau s'est hâlée, mes dents sont restées impeccablement alignées et d'un blanc immaculé ; ma voix a gagné en basses veloutées et pas un comédon n'a eu l'audace de venir noircir le tableau.

J'ai grandi et mon corps s'est dessiné peu à peu, des muscles saillants sont apparus sans que je pratique aucune activité physique.

Autre conséquence inattendue de ce chamboulement physiologique, je me rendis compte que j'étais fort sensible à l'intérêt que mes camarades féminines me portaient. C'est d'ailleurs chez l'une d'elles que j'allais perdre ma virginité.

Pas avec elle, non.
Avec sa mère.

La fille s'était présentée à la sortie des cours, le premier soir, en me disant qu'elle célébrait son anniversaire le samedi suivant, et qu'elle donnerait tout pour que j'accepte de prendre part à la fête qu'elle organisait à cette occasion. J'imaginai un instant le refus maternel catégorique et décidai de ne rien lui dire ; j'acceptai l'invitation, prévoyant de m'enfuir discrètement de l'internat ce jour-là pour participer à la première fête de ma vie. La jeune fille me remercia mille fois et s'en retourna vacillante vers ses amies qui l'attendaient quelques mètres plus loin. Ce qu'elle leur rapporta provoqua un torrent de cris de joie accompagné de quelques crises de larmes.

Le jour venu, je me faufilai par une fenêtre des toilettes qui donnait sur la rue, et marchai jusqu'à l'arrêt de bus que ma camarade m'avait indiqué. J'avais pris soin de revêtir un bonnet et de grosses lunettes, et je me rendis compte en chemin que c'était la première fois que je me promenais seul. La peur l'emporta durant les premiers mètres, nourrie par mes funestes souvenirs ; je m'arrêtai une minute et fus sur le point de rebrousser chemin. Puis je pris une grande inspiration et remarquai le bon côté de la chose : j'étais libre. Cette sensation était fantastique ; je n'étais décidément plus un enfant.

En montant dans un bus pour la première fois, je vivais une nouvelle grande première, vite ternie par le chauffeur qui m'arrêta :

« Ticket, jeune homme !
— Pardon ?
— Il faut acheter un ticket.
— C'est-à-dire, je n'ai pas d'argent…
— Alors il va falloir descendre. »

Il me fixait, intransigeant. Je m'en voulus d'être si peu prévoyant, et compris que sans ce trajet en bus, ma journée serait gâchée. Alors, une idée germa dans ma tête. J'hésitai un instant à la mettre en œuvre, mais tentai le coup : je retirai lunettes et bonnet. L'homme fut surpris, puis son regard s'adoucit ; enfin, il me sourit.

« Allez, ça ira pour cette fois… »

J'arpentai l'allée centrale du bus, et ne croisai que des visages souriants ; nombre de personnes me proposèrent de m'installer à leur côté. Je choisis la place voisine d'une charmante vieille dame, car j'avais envie de lui faire plaisir. J'aurais aimé avoir une mamie.

Le trajet fut court mais plaisant ; tout le monde me salua quand je descendis. Cette expérience me rassura quelque peu : je pourrais peut-être, un jour, vivre parmi les gens.

Arrivé à destination, je sonnai à la porte de cette maison bien plus cossue que la nôtre. Sitôt entré, je ressentis un choc : parmi les nombreux convives, je fus pour la première fois attiré par quelqu'un.

Pas par une fille.

Par une femme. Je ne pouvais détacher mes yeux des siens : il fallait que je la connaisse.

Ne sachant pas comment faire, je me contentai de me diriger droit vers elle et de lui tendre la main.

« Je m'appelle Sandra.
— Enchanté, Sandra.

— Ma fille ne parle que de vous ces derniers jours, il me semble déjà vous connaître ! »

Elle s'approcha de mon oreille, et murmura :

« De vous à moi, elle n'aurait pu rêver plus beau cadeau… »

Elle me gratifia d'un sourire complice, et à cet instant je fus victime d'un étrange symptôme : ma bouche s'ouvrit mais aucun mot n'en sortit. J'avais envie de me montrer loquace mais mon cerveau ne transmettait rien : j'étais court-circuité.

Durant la fête qui suivit, je ne détachai pas mon regard de Sandra, qui pour mon plus grand bonheur répondait à mes œillades par un sourire ou un « Tout va bien ? » muet mais exagérément articulé afin que je puisse lire la question sur ses lèvres.

Ses lèvres. Celle du dessus, rosée et fine, ressemblait à l'oiseau délicat d'un dessin d'enfant ; celle du dessous, plus striée et charnue, paraissait aussi plus brillante. À leur rencontre, les commissures dessinaient une ombre légère lorsqu'elle esquissait à mon intention un sourire mesuré. Chez Sandra, je remarquai des détails qui n'avaient jamais attiré mon attention chez les autres : la délicatesse du cou, l'ovale parfait du visage, la saillance discrète des pommettes, la pointe douce des sourcils. Au coin de ses yeux, de fins sillages s'éparpillaient vers des tempes imperceptiblement creusées… Les filles de mon âge n'avaient pas tout cela.

Il émanait d'elle un magnétisme insensé et insondable. J'étais sur le point d'épuiser ma capacité à la regarder, rechignant presque à cligner des yeux pour ne pas en perdre une image, quand elle se leva et me proposa de me faire visiter la maison. J'acceptai, et fus à nouveau déstabilisé par le mélange de joie et d'appréhension que suscitait l'idée de passer un moment seul avec elle. Je ne sais combien de pièces nous avons visitées, mais sitôt entrés dans la chambre à coucher, elle en referma la porte. Elle prit ma main, me déshabilla en silence, sans dévier ses yeux des miens, et m'installa sur le lit. Je fus soulagé qu'elle prenne toutes les initiatives : la voir ainsi, nue en pleine lumière, m'en aurait rendu bien incapable.

Je ne compris que des années plus tard, en me refaisant le film de son corps caressant le mien, que ce qui m'avait subjugué chez Sandra était sa beauté. Je n'avais jusque-là jamais vu de femme aussi belle.

J'étais comme les autres, finalement.
Mais je ne le savais pas encore.

Après avoir fait l'amour, Sandra et moi rejoignîmes séparément la fête qui s'achevait dans le jardin.

J'étais fier d'être devenu un homme ; encore plus de l'être devenu trois fois d'affilée.

J'étais si emballé par ma première semaine au collège que j'envisageais d'y rester. Je réfléchissais déjà aux difficultés que j'aurais à affronter : convaincre maman de m'y laisser malgré son aversion pour *les autres* et *l'extérieur* ; convaincre le directeur de m'y garder malgré notre incapacité à payer des frais de scolarité à coup sûr exorbitants. J'étais toutefois optimiste, aspirant à une vie de rêve.

Elle aurait pu l'être à un détail près : une fenêtre ouverte.

Lors de ma séance privée avec Sandra durant la fête d'anniversaire, la fenêtre de sa chambre était restée ouverte ; nos râles mêlés se firent entendre dans le jardin, laissant peu de doutes aux invités quant à la nature de notre activité. Dès le lundi, la rumeur se répandit dans le collège et suffit à mettre le feu aux poudres, donnant des idées à certaines jeunes filles.

À cause de cette fenêtre ouverte, j'étais passé du statut d'objet esthétique à celui d'objet sexuel. Je m'en rendis compte l'après-midi même.

Dans le vestiaire du cours de sport, cinq filles de ma classe me tendirent un guet-apens. Elles me plaquèrent au sol et commencèrent à enlever mes vêtements. Mes cris alertèrent un surveillant qui vola à mon secours et les chassa du vestiaire. Je me croyais à l'abri, quand le surveillant m'assomma d'un coup de chaise sur le crâne afin d'abuser de moi.

Je ne repris conscience qu'aux urgences où maman, qui n'avait eu qu'un ascenseur à prendre pour me rejoindre, me rassura tout de suite : des élèves avaient maîtrisé le surveillant avant que quoi que ce soit n'arrive. Me voyant soulagé, elle me laissa quelques secondes de répit, puis me somma de lui expliquer toute l'histoire. Je m'exécutai sans rien lui cacher.

« Quand prendras-tu la mesure des conséquences de tes actes irréfléchis ?

— Je suis désolé, mère…

— Jusqu'à quand seras-tu désolé ? Tu n'es plus un enfant, bon sang ! Te rends-tu compte de ce que cet homme t'a fait ?

— L'essentiel est que le pire ne se soit pas produit…

— Mais le pire s'est presque produit ! Imagine qu'il t'ait frappé au visage, plutôt que derrière la tête ! Ce monstre aurait pu te défigurer… ou te tuer ! »

Maman avait raison. Cette semaine n'avait été qu'un leurre, une illusion de liberté et de vie. Le résultat était là, pathétique bandage autour de mon crâne : j'avais une fois de plus subi la violence du monde extérieur.

Je priai la mémoire de papa de ne pas m'en vouloir : ma parenthèse enchantée s'arrêtait là. J'allais honorer ma promesse jusqu'au bout.

Je ne sortirais plus.

Tout juste un mois plus tard, l'on frappa à notre porte, un matin. J'en fus pour le moins surpris, car personne ne nous rendait jamais visite ; de plus, je trouvais étrange que l'on frappe alors que maman venait à peine de sortir pour un rendez-vous urgent chez notre banquier : cela ne pouvait être une coïncidence. Je décidai de ne pas répondre ; on frappa encore. Je m'approchai de la porte quand on frappa à nouveau, de manière très appuyée et rapide, cette fois. Une voix d'homme se fit entendre :

« Ouvrez ! Je suis un ami de Sandra ! »

À ces mots, j'ouvris la porte avec empressement quand un flash crépita : l'homme venait de me prendre en photo.

« Hé ! Mais que faites-vous ?
— C'est donc vrai, vous existez !
— Pardon ?
— Je croyais que vous étiez une sorte de légende…
— Je ne comprends rien à ce que vous dites ! Êtes-vous réellement un ami de Sandra ?
— Je vais tout vous expliquer. Je suis journaliste, et depuis quelques semaines une rumeur s'est répandue

comme une traînée de poudre : on raconte que vit près d'ici un jeune homme à la beauté extraordinaire. Je considérais cela comme fantaisiste ou exagéré, quand, il y a quelques jours, une source anonyme s'est proposée de me vendre ceci. »

L'homme sortit de sa poche une photo sur laquelle on voyait une jeune fille souffler les bougies de son gâteau d'anniversaire ; à l'arrière-plan, mon visage de profil.

« Pour vous dire la vérité, la source en question est un petit voyou de ma connaissance qui est tombé sur ce cliché lors d'un cambriolage : il a passé deux heures à forcer un coffre qui ne contenait que cette seule et unique photo. Il m'a donné l'adresse de la demeure en question, chez votre amie Sandra, donc, et je n'ai eu qu'à remonter le filon : au collège où le directeur m'a parlé de l'assistante sociale, ensuite à l'hôpital où j'ai distribué quelques billets… Votre adresse figurait dans le dossier médical, et me voici.

— Vous n'êtes donc pas vraiment un ami de Sandra, pourquoi m'avez-vous menti ?

— Je voudrais faire un article sur vous, une interview, des photos…

— Eh bien, je suis navré, mais vous vous êtes donné tout ce mal pour rien.

— Pourquoi refuser ? Vous êtes tellement beau, les gens vont…

— Inutile d'insister, je ne m'exposerai pas. Au revoir, monsieur. »

Je lui claquai la porte au nez, espérant qu'il comprenne le message et ne revienne plus m'importuner.

Le lendemain, maman me réveilla de manière fort brutale, ce qu'elle n'avait jamais fait car elle disait toujours qu'un mauvais réveil pouvait ternir votre teint et ainsi gâcher totalement votre journée. Mais là, elle était furieuse :

« Qu'est-ce que cela ? »

Elle jeta un journal sur mon lit. En première page, un immense titre :

IL EXISTE !

En dessous s'étalait une photo de moi à ma porte, d'une taille tout aussi démesurée et légendée :

Il est encore plus beau en vrai !

« Peux-tu m'expliquer comment une telle chose a pu advenir ?

— Un journaliste est venu m'importuner hier, il voulait me consacrer un article et…

— Quand comptais-tu me le dire ?

— Je ne voulais pas t'inquiéter ! J'ai refusé fermement, et il est parti sans demander son reste. Je ne voyais pas de raison de te causer quelque souci supplémentaire, voilà tout.
— Pas de raison, dis-tu… Et cette photo ?
— Oui, j'avais oublié la photo… Il m'a eu par surprise lorsque j'ai ouvert… Mais ce n'est qu'une vulgaire photo après tout !
— Ce n'est que cela, crois-tu ? Eh bien, regarde ! »

Elle tira l'épais rideau de ma fenêtre qui donnait sur l'avant de notre maison. Je vis alors une bonne dizaine de journalistes, de photographes, et même un camion de régie de télévision. Une femme leva la tête vers moi et s'écria :

« Il est là-haut ! »

Les flashes crépitèrent, les caméras se levèrent dans ma direction, tous me faisaient de grands signes de la main.

« Je suis désolé, mère…
— J'accepte tes excuses, mais que faisons-nous maintenant ?
— Rien. Je ne veux rien faire, tu le sais bien. Ils se lasseront, tôt ou tard. »

Ils ne se lassèrent pas. Ils restèrent plusieurs jours, et peu à peu le téléphone se mit à sonner. Il retentit souvent, puis inlassablement. Maman décrochait, répétait :

« Il ne veut pas se montrer, il ne veut rien faire ! N'insistez pas ! »

Puis elle raccrochait sèchement. Cela dura jusqu'à ce qu'un détail retienne son attention :

« Nous ne sommes pas intéressés. Non, inutile d'insister, mon fils ne veut pas… Pardon ? Combien, dites-vous ? Ne quittez pas ! »

Elle bloqua le combiné entre son menton et son épaule, arracha une feuille du bloc-notes, y griffonna une somme et me la montra. C'était beaucoup d'argent, mais je n'avais aucune intention de revenir sur ma décision, même pour tout l'or du monde. Maman le comprit quand je lui fis *non* de la tête : elle raccrocha pleine de regrets.

La suite fut à l'avenant, chaque interlocuteur faisant monter les enchères ; pourtant, une conversation changea tout. Cela avait débuté normalement, le téléphone avait sonné, maman avait décroché et récité :

« Mon fils ne veut pas se montrer, il ne veut rien… Pardon ? »

Une petite lueur s'alluma dans les yeux de maman.

« Attendez, je mets le haut-parleur pour qu'il puisse entendre. Allez-y.

— Il ne veut plus sortir ? Cela tombe bien, je vais le payer une fortune pour cela.

— Que voulez-vous dire ? C'est une plaisanterie ?

— Quand il s'agit d'argent, je ne plaisante jamais, madame. J'offre une somme colossale pour que votre fils continue ce qu'il a commencé : rester enfermé, ne pas se montrer. Me permettez-vous de vous rendre visite ? »

Maman me regardait en hochant la tête et en ouvrant de grands yeux ; je fis un petit signe du menton en guise d'acquiescement. Cette proposition m'intriguait.

Quelques heures plus tard, une énorme limousine déposa notre hôte devant notre maison. Une femme entra, la quarantaine, et visiblement très sûre d'elle. Je ne la reconnus pas, pourtant j'avais devant moi la star des stars de la télévision, animatrice, productrice et, accessoirement, une des femmes les plus riches au monde : Lucinda Ferrari.

« Je vais vous faire, au nom de ma compagnie Lucifer Médias, une offre que vous ne pourrez pas refuser.

— Nous vous écoutons.

— Ce jeune homme est de toute évidence la plus belle créature que le monde ait jamais portée. Il deviendra à n'en pas douter une star planétaire. Mais il est encore trop jeune, nous devons attendre avant de le faire éclore et véritablement…

— Bâtir sa légende ? »

Les mots étaient sortis de la bouche de maman avec avidité, sans même qu'elle s'en rende compte ; Lucinda la fixa longuement, prit sa main et la regarda droit dans les yeux :

« *Bâtir sa légende*, oui. C'est exactement cela. »

Maman en soupira d'aise.

« Et pour ce faire, je vous propose le contrat suivant, qui tient en deux points : d'abord un isolement total, sans aucune apparition publique, jusqu'à son vingtième anniversaire. Il va sans dire que vous ne resterez pas enfermés ici, mais dans une demeure d'exception. »

J'avais presque quinze ans, et rester enfermé cinq années supplémentaires faisait déjà partie de mon programme : je ne vis aucun inconvénient à être payé pour cela. Mais cela me paraissait trop beau pour être vrai, il y avait forcément une contrepartie :

« Et le second point ?

— Je veux une photo par an. C'est tout.

— Hors de question ! D'abord, je ne veux plus sortir, et ensuite, mon image n'engendre que des malheurs ! C'est non.

— Mais tu n'auras pas à sortir, je te l'assure… Ces photos, ta mère les prendra si tu veux, ou tu les prendras toi-même ! De toute façon, pas besoin de lumière, de costume ou de mise en scène pour toi… Une simple photo face à l'objectif. Contrairement à ce que tu crois, ton image va apporter du bonheur aux gens. Un bonheur que tu n'imagines pas. Tes yeux dans les nôtres, une fois par an. C'est tout ce que je te demande. »

Je marquai mon refus en secouant la tête. Lucinda s'adressa à maman :

« En échange, je vous propose… ceci. »

Elle tendit une enveloppe à maman qui en sortit un chèque. En lisant la somme, maman fit des yeux arrondis que je ne lui connaissais pas.

« Attendez, je… je ne parviens pas à compter les zéros… Vous ne vous êtes pas trompée ?
— Les zéros sur les chèques sont le seul domaine où je ne me trompe jamais, madame… »

Maman s'y reprit à trois fois, faisant glisser son ongle sur chaque chiffre et les dénombrant à mi-voix. Ensuite, elle sortit un mouchoir et s'épongea délicatement le front.

« Une telle somme, c'est certain, nous permettra de vivre dignement jusqu'à la fin de nos jours…
— Je crois que vous ne m'avez pas bien comprise, madame : cette somme vous sera versée chaque année. »

Maman devint blême. Elle serra le bout de papier dans sa main, le posa contre son cœur.

« Mon fils, je veux que tu y réfléchisses…
— Mère, vous savez la promesse que je me suis faite.
— Je sais, en effet. Même si je m'évertue depuis des années à t'expliquer que tu n'es pas responsable de sa mort, tu penses devoir cela à ton père. Mais as-tu pensé à moi un instant ? Moi qui ai passé près de quinze longues années à m'épuiser pour t'assurer une éducation parfaite, ne me dois-tu rien ? Nous n'avons plus d'argent, il ne nous reste plus un centime ! Si tu ne fais rien je vais devoir trouver un travail, avec ma hanche

si douloureuse ! Veux-tu que j'abîme encore mon corps pour que le tien reste parfait ? Non, je crois qu'il est temps maintenant que tu me rendes la pareille. Je ne veux plus être pauvre, j'ai mérité un peu de bon temps. Tu n'auras que cela à faire chaque année, une misérable photo. Est-ce trop te demander pour faire le bonheur de ta mère ? »

Je me tournai vers Lucinda.

« Et dans cinq ans, que se passera-t-il ?

— Si j'ai raison, dans cinq ans, nous fêterons ta sortie, ton retour dans le monde. Nous ferons de grandes choses.

— Et si vous vous trompez ? Si je choisis de rester enfermé ?

— Alors tu seras libre de le faire. Je ne t'obligerai à rien. »

Je pris une grande inspiration, puis soufflai lentement.

Lucinda sortit les contrats, me tendit un stylo.

Je signai au bas de chaque page.

Le soir même, Lucinda nous fit envoyer un véhicule aux vitres fumées, ainsi qu'une dizaine de gros bras chargés d'évacuer les journalistes amassés devant la maison. Il n'était pas question que l'un d'entre eux vole mon image.

Elle nous avait prévenus : nul besoin d'emporter quelque affaire que ce soit. Notre nouvelle demeure, dont nous ignorions encore l'emplacement, contiendrait tout ce qui nous était nécessaire, ainsi bien sûr que tout ce qui nous était superflu. Je quittai ma chambre avec émotion. Maman se retourna vers notre maison et la contempla comme on regarde un ancien amant.

Notre nouvelle vie allait commencer.

Arrivés chez nous après de longues heures de route, maman s'extasia à la découverte de ce palais : l'endroit était en effet d'une beauté et d'un luxe extravagants. Je n'avais jamais vu cela ; je ne l'avais même jamais imaginé. La partie principale abritait un hall d'entrée d'allure victorienne, aux murs couleur aubergine et noir brillant, s'ouvrant sur la salle de réception.

Immense et somptueuse, celle-ci était aménagée avec un goût exquis, les meubles design le disputant aux essences de bois rares. Au fond, placée en symétrie parfaite avec l'imposante table, une cheminée colossale dominait le tout de sa carrure et de sa lueur.

Notre émerveillement ne tarit pas lors de la suite de la visite. Nous découvrîmes les deux ailes privées qui nous étaient allouées, celle de gauche pour moi, celle de droite pour maman. De mon côté, une salle de jeux renfermant tous les loisirs praticables en intérieur, une grande salle de cinéma au siège unique déposé en son centre, et une chambre grande comme notre ancien salon. L'aile de maman comprenait, outre sa suite, une serre et un spa. Dans le jardin arrière, une piscine à débordement aux circonvolutions multiples semblait toiser le parc arboré en contrebas.

Nous n'en revenions pas. Nous étions encore à la découverte des innombrables recoins de notre palais quand une étrange sonnerie se fit entendre. Elle émanait d'une sorte de petite télécommande à l'unique bouton rouge sur lequel j'appuyai. Instantanément, le visage de Lucinda apparut sur chacun des écrans disséminés dans toutes les pièces. Longuement, elle m'expliqua son plan pour faire de moi une célébrité absolue :

« La maison que je vous ai offerte est immense et dotée de tout ce qu'il est possible d'imaginer, car tu devras y rester enfermé pendant cinq ans. Demande, et tu obtiendras tout, à part drogues et alcool, bien sûr. Aimes-tu déjà les femmes ? »

Je n'osai répondre devant maman, qui ne s'en priva pas :

« Oui, il semblerait que monsieur ait déjà ses appétences…

— Eh bien, ne te fais aucun souci, je sélectionnerai moi-même, au rythme qu'il te plaira, des femmes d'une grande beauté qui viendront combler les besoins bien naturels d'un garçon de ton âge. Mais elles auront interdiction de te parler, et tu devras t'en abstenir également ; de même, les nombreux domestiques n'auront pas le droit de se trouver dans la même pièce que toi. À part ces femmes, donc, tu ne verras personne, jamais. Cette règle ne souffrira aucune exception, mis à part ta mère et moi, bien sûr. »

Cela me convenait parfaitement.

« En effet, au vu de l'émotion qu'a provoquée ton apparition, il est certain que des journalistes tenteront de nous infiltrer par tous les moyens. Or le culte du secret sera la clé de notre triomphe. Car pour faire naître le mythe, susciter une envie du public comme jamais auparavant, cette absence, ou plutôt cette présence fantôme, est le meilleur des procédés. Chaque année, le 1er janvier, nous offrirons ta photo au public mondial ; ainsi, les gens sauront qu'ils auront un petit bout de toi à date anniversaire. Un morceau de rêve. Leur année commencera avec l'image la plus sublime qui soit. Et pour espérer plus que ta seule image, il leur faudra attendre cinq ans. Je saurai faire naître cette attente, je suis la meilleure pour donner envie aux gens, pour les faire parler. Et toi, tu seras celui qui fait le plus envie aux gens, tu es tellement beau… Dès qu'ils t'auront vu, tu seras le Messie.

— Seulement si je décide de sortir !

— Seulement si tu le décides, en effet. Même si je connais ta détermination, je te souhaite sincèrement bon courage pour ces cinq années. Car tu n'es plus un enfant, et ce sera dur, crois-moi. Très dur. »

Lucinda était en dessous de la vérité : ce ne fut pas dur, ce fut insupportable. Malgré toute ma volonté, malgré ma rage contre moi-même, contre mon corps, malgré ma dette envers papa, tenir cinq années fut atroce.

La principale responsable de mes maux s'insinua par petites touches d'abord, puis un peu plus chaque jour, grandissant jusqu'à m'étouffer : la solitude. Je ne saurais expliquer pourquoi j'en ai plus souffert qu'avant : peut-être parce que, faisant l'amour à énormément de femmes, je n'étais pas vraiment seul, mais n'ayant pas le droit de leur parler, je l'étais en vérité jusqu'à la torture ; ou peut-être simplement parce que, malgré sa fin amère, ma semaine de liberté au collège m'avait laissé un souvenir impérissable. Je prenais peu à peu conscience que, pendant ces quelques jours, j'avais vécu le quotidien que papa souhaitait pour moi : « une vie normale, comme les autres gosses ».

Or, durant ces cinq années, j'eus l'impression de vivre une anormalité au quotidien. Dans ces immenses pièces, je me sentais dix fois plus seul que dans notre ancienne maison : à croire que la solitude est proportionnelle à la surface habitable. Je me morfondais et me lamentais tellement qu'à mon grand étonnement maman m'autorisa la télévision. Cela m'aida un peu, surtout les premiers temps, mais dès la deuxième année je m'étais rendu à l'évidence : Lucinda avait vu juste. J'allais sortir, et *bâtir ma légende*.

Les trois dernières années ne furent qu'un long compte à rebours.

Le jour de ma sortie fut un barnum invraisemblable. Nous étions le 1er janvier, mes vingt ans venaient d'être fêtés avec vingt jeunes femmes. Une idée de Lucinda.

J'avais suivi à la télévision la pression indicible qu'engendrait ma première apparition. C'était un événement mondial. Mes photos étaient devenues les posters, cartes postales et effigies de T-shirts les plus vendus au monde. Il y avait eu des débats sans fin pour savoir lequel de ces clichés était le plus beau. Dernièrement, un vote international avait été organisé par Lucinda pour désigner la photo qui me mettait le plus en valeur. Les centaines de millions de votants avaient élu celle de mes dix-neuf ans. Et c'est elle qui trônerait sur l'unique et immense écran au milieu du plateau de télévision qui allait accueillir mon arrivée en ce monde.

Ma seconde naissance, comme disait Lucinda.
J'étais impatient de vivre cette nouvelle vie.

Plus simplement, j'étais impatient de vivre.

« Tu vois, il n'y a que deux chaises sur la scène, une pour toi, une pour moi. Plus l'écran géant. Nous n'avons besoin de rien d'autre. Dans quelques heures, dix mille privilégiés prendront place dans cette salle, et vont connaître l'insigne honneur de te voir *en vrai*, comme ils disent. Pour créer un peu plus l'événement, je n'ai offert que mille invitations, les autres seront accordées aux premiers arrivés. La police m'a appelée tout à l'heure, ils sont complètement débordés. Sais-tu combien de personnes font la queue, actuellement ?

— Aucune idée.

— Plus de cent mille. Les forces de l'ordre ont depuis quelques heures barré l'accès au centre-ville. Bon, as-tu appris par cœur les réponses à mes questions ?

— Est-il vraiment nécessaire que tu me le demandes pour la centième fois aujourd'hui ?

— Je m'excuse, mais je suis nerveuse, cette émission va être le show du siècle. Il faut que tout soit parfait. »

Alors que je patientais en coulisses, les reportages se succédèrent pendant près de deux heures. Le public n'en pouvait plus d'attendre, mais Lucinda, consciente du prix inégalé de la minute de publicité, faisait durer le plaisir. Elle organisa, juste avant mon entrée, un petit jeu :

« Mesdames et messieurs du public, et vous, chers téléspectateurs, j'ai besoin de vous. Aidez-moi à savoir qui est *l'Homme le plus beau du monde* ! »

La foule se leva, commença à hurler.

« Attendez, attendez… Je vais vous montrer des photos, et vous le désignerez à l'applaudimètre. C'est parti, première photo. »

L'écran, noir jusque-là, afficha une photo de Sean Connery dans son costume de James Bond.

« Est-ce lui, *l'Homme le plus beau du monde* ?
— Nooooon !
— Alors peut-être est-ce… Marlon Brando ? »

La foule huait le cliché de l'acteur à s'en rompre les cordes vocales.

« Alors, c'est peut-être… George Clooney ?
— Nooooon ! Il est mooooooche ! »

La réaction du public m'étonna un peu. Sean Connery était pourtant doté d'une classe et d'une élégance rares ; il émanait de Brando une beauté sauvage tout à fait indiscutable, et Clooney avait un sourire cabotin qui s'alliait parfaitement à sa beauté naturelle. Mais la foule semblait n'en avoir cure. Ils me voulaient. Ils n'attendaient que moi.

« Sans doute choisirez-vous… Brad Pitt ?
— Moche ! Moche ! Moche ! Moche ! »

Certains agitaient leur main, pouce vers le bas en signe de désapprobation.

On me fit signe qu'il était temps : je ferais mon entrée dans dix secondes. Lucinda enchaîna :

« Vous êtes très difficiles, mesdames et messieurs… Mais qui est *l'Homme le plus beau du monde*, alors ? Peut-être allez-vous enfin applaudir pour… lui ! »

Quand ma photo apparut sur le grand écran, la foule devint hystérique. Les gens se levèrent, sautant partout, applaudissant comme jamais. Lucinda, pourtant habituée à ces clameurs savamment orchestrées, eut l'air surprise.

Elle essaya d'enchaîner, mais le brouhaha était trop fort et couvrait sa voix. Alors, d'un bras tendu vers moi et d'un sourire, elle annonça mon entrée.

Les quelques mètres que je fis pour la rejoindre au centre de la scène furent surréalistes. Mes tympans souffraient le martyre.

L'ovation dura dix minutes. Les appels au calme de Lucinda n'y changeant rien, nous prîmes la décision de nous asseoir et d'attendre. Les cris des uns succédaient aux évanouissements des autres qui, sitôt remis sur pied, criaient de plus belle. C'était indescriptible.

Une fois un calme relatif revenu, Lucinda s'adressa à moi :

« Je crois que le choix du public est indiscutable : vous êtes *l'Homme le plus beau du monde*. »

Les applaudissements reprirent, et Lucinda éloigna son micro, mit sa main devant sa bouche et me dit doucement :

« Ne le fais pas, ne le fais pas ! »

Sur l'instant, je n'ai pas saisi. J'ai donc enchaîné avec ce que nous avions mis au point tous les deux : un simple « merci à vous, public », face caméra, suivi d'un sourire.

Et là, l'hystérie souleva la foule. Aussi fort que lors de mon entrée. Je n'ai compris mon erreur qu'à cet instant : je n'aurais pas dû sourire. Lucinda m'envoya un regard sévère, puis leva les yeux au ciel. Elle savait que l'émission ne pourrait se poursuivre. Alors nous nous sommes levés, avons salué et rejoint les coulisses. Elle donna pour instruction de garder l'antenne dix minutes, alternant des plans du public ravi avec ceux de ma photographie au centre de la scène vide.

Après le générique de fin, l'ovation dura encore plus de vingt minutes. Tout ne s'était pas passé comme prévu, mais le pari de Lucinda était gagné, haut la main.

Seul dans ma loge, je dus me rendre à l'évidence et prononçai à haute voix :

« Je suis *l'Homme le plus beau du monde*. »

Alors, j'ai pensé à papa.

En guise de nouvelle vie, je me retrouvai prisonnier à nouveau. Prisonnier du savoir-faire de Lucinda, qui pendant les cinq interminables années suivantes me fit alterner longues absences et apparitions savamment orchestrées, mais courtes. Ces mises en lumière avaient pour conséquence immédiate et systématique de démultiplier les ventes de produits à mon effigie. J'arrivai au point où j'étais incapable d'estimer ma fortune tellement celle-ci était démesurée et répartie entre actifs et biens dont j'ignorais souvent jusqu'à l'existence.

J'étais *l'Homme le plus beau du monde*, et sans doute l'un des plus riches.

Pourtant, je n'étais rien.

J'avais fait le calcul : depuis mes dix ans jusqu'à l'émission *Qui est l'Homme le plus beau du monde ?*, je n'avais passé que sept journées hors de chez moi, au collège. Depuis cette émission, Lucinda ne m'avait organisé que trente-huit sorties. Ainsi était ma vie : sur quinze ans, un total de quarante-cinq jours hors de chez moi. Trois jours par an ; moins d'un centième de mon temps.

Alors, pendant ces dernières années, mille fois je décidai de quitter cette vie, de tout changer. Mille fois je confiai mes intentions à Lucinda, qui trouvait les mots pour me raisonner :

« Que vas-tu faire, sans moi ? Où et comment vas-tu vivre ? Crois-tu être capable d'éviter les catastrophes que tu as l'habitude de provoquer ? Tu sais bien que non, voyons. Tu as besoin de moi. »

D'autres fois, je m'adressai à maman, espérant qu'elle comprenne mon mal-être. Mais toujours elle savait comment me dissuader :

« Que vais-je faire, sans toi ? Pourquoi veux-tu m'abandonner ? Je n'ai plus que toi au monde, tu le sais bien… Et maintenant que j'ai trouvé la paix, tu veux m'en priver ? Crois-tu que c'est ce que ton pauvre père aurait voulu ? »

Au fil du temps, je cessai donc de m'ouvrir à elles. À peine entendu, jamais écouté, je gardai tout pour moi, en moi. Ma solitude devint peine, ma peine devint colère. Colère contre moi.

D'abord, l'idée me traversa de mettre fin à mes jours ; dans la seconde, je pensai à maman et m'interdis de lui occasionner un tel chagrin.

J'envisageai ensuite de faire appel à la chirurgie esthétique : aucun des praticiens avec qui j'étais entré en contact n'accéda à ma requête. Ils jugeaient totalement insensé de vouloir amoindrir ma beauté.

Un soir, tentant de comprendre ce fardeau qu'était devenue depuis trop longtemps cette beauté, je fis face au miroir de ma salle de bains. Depuis la mort de papa, j'évitais les miroirs qui me renvoyaient ma culpabilité bien en face des yeux ; pourtant, cette fois, je m'observai longuement. J'y passai des minutes entières, mais malgré toute ma bonne volonté, en dépit de tous mes espoirs, je ne me découvris aucun défaut. Pas la moindre imperfection à laquelle me raccrocher. Plus les secondes passaient, moins je supportais ce visage. J'avais envie de le rendre imparfait. Mieux, je désirais l'abîmer. L'envie montait en moi, de plus en plus forte, de plus en plus incontrôlable, et, dans un élan irréfléchi, viscéral, je lançai de toutes mes forces ma tête contre le miroir. La douleur me libéra un temps de la colère, puis je me rendis compte que je saignais. Beaucoup. Cela m'effraya car jusqu'à ce jour, je ne m'étais jamais blessé. Je me rendis au salon où maman poussa un cri d'effroi à ma vue, et appela les secours.

Le lendemain, je sortais de la clinique avec un bandage sur le front. Une journée de plus à l'extérieur, c'était toujours cela de gagné.

Quelques jours plus tard, mon visage faisait la une des magazines. Tous les gros titres et articles étaient unanimes : cette petite cicatrice barrant mon sourcil droit me rendait encore plus sexy qu'avant.

Il n'y avait rien à faire : j'étais maudit. Pis, j'étais irrémédiablement béni.

J'étais doublement piégé. Par moi et par les autres. Les données de mon problème étaient simples : d'un côté, mon envie de vivre une existence ordinaire parmi les gens ; de l'autre, ma beauté qui engendrait chez eux des réactions m'interdisant tout espoir.

L'équation était insoluble.

Je pensais être au fond du gouffre quand la vie m'y enfonça un peu plus encore. Un soir où j'écoutais de la musique en me prélassant dans mon bain, Lucinda fit irruption dans ma suite.

« Baisse cette musique ! »

Je m'exécutai.

« Lucinda, que fais-tu ici ?
— Tu ne réponds pas à mes appels, alors je suis venue à toute vitesse. Nous devons nous rendre à l'hôpital immédiatement. Ta mère a eu un malaise !
— À l'hôpital ? Mais enfin, j'ai dîné avec elle il y a deux heures à peine !
— Je sais, oui... Mais aucun domestique n'a osé braver l'interdiction formelle de te croiser et venir te le dire dans ta chambre. C'est ma faute, j'aurais dû leur dire qu'en cas d'urgence... Bref, ils ont appelé une ambulance puis m'ont prévenue. Viens vite, les ambulanciers m'ont dit qu'elle te réclamait. »

Lorsque je pénétrai dans la chambre, maman me parut si chétive entre les draps blancs que je faillis ne pas la reconnaître.

Le médecin me glissa à l'oreille :

« Je suis navré, monsieur. Son cœur est trop fatigué, nous ne savons pas combien de temps il va encore tenir. C'est déjà un miracle que nous ayons pu la réanimer. »

Je pris la main de maman, qui ouvrit légèrement les yeux.

« Ah ! tu es là, mon fils…

— Oui, je suis auprès de vous, mère…

— Je voulais te voir une dernière fois. Tu sais, pour moi, le paradis aura été avant ma mort, chaque seconde passée à te regarder fut un morceau d'éternité. À présent, je vais m'éteindre avec ton image dans les yeux et dans le cœur. Aucune mère, aucune femme ne pourrait rêver plus belle mort. »

Tandis qu'elle finissait sa phrase, ses yeux se refermèrent.

Je sentis son étreinte se desserrer entre mes doigts, la vie s'en aller doucement.

Alors je m'approchai de son oreille, et prononçai entre mes larmes :

« Je vous aime, mère. »

Son visage s'éclaira, un sourire apaisé se dessina sur ses lèvres. J'y lus qu'elle m'aimait aussi.

Je l'embrassai sur le front, et entendis son dernier souffle.

Après les obsèques de maman, je tombai dans une profonde dépression. Je n'avais plus envie de rien. Maman aussi était partie ; je n'avais plus personne au monde.

Me voyant dépérir, Lucinda m'alloua les services des plus prestigieux psychologues auxquels je confiai ma solitude, mon envie de tout arrêter, de disparaître une fois pour toutes. Ceux-ci se contentèrent de m'écouter sans jamais me parler.

Puis un soir, sans prévenir, Lucinda arriva suivie d'une armée d'hommes et de femmes transportant une quantité invraisemblable de malles et de valises diverses. Elle m'annonça qu'elle s'installait ici, dans la chambre de maman :

« Je veux veiller sur toi. On ne peut pas remplacer une mère, ayant perdu la mienne je n'en suis que trop consciente, mais je ferai tout pour combler ton manque. Remplir ton vide. Je t'aime comme un fils, tu sais. »

Alors je pleurai dans ses bras. En me serrant contre elle, elle me dit :

« Il ne faut surtout pas que tu restes inactif si tu veux émerger de ton abîme !

— Sans doute, mais je ne veux plus de tes sorties où je suis plus protégé qu'un chef d'État, où personne n'a le droit de m'approcher… Je veux voir des gens, leur parler, tu comprends ?

— Je comprends, bien sûr. Nous allons trouver comment faire, je te le promets.

— Fais vite…

— Dès demain matin, j'organise une grande réunion, et tu m'accompagnes ! Ce sera toujours un début ! »

Je m'y rendis à reculons, mais dus reconnaître que cela me faisait du bien. Au moins y avait-il de la vie autour de moi. La salle de conférences était bondée, et Lucinda me fit savoir que pour la première fois, elle avait convoqué l'intégralité de ses employés, sans exception. J'étais installé dans un salon adjacent, séparé des autres par une vitre sans tain – mon bouclier anti-émeute, comme disait Lucinda. Il régnait une ambiance de ruche dans les travées, chacun discutant avec ses plus proches voisins, s'apostrophant, ou riant, parfois. L'envie me prit d'être l'un d'entre eux.

D'être de l'autre côté du miroir.

Lucinda prit rapidement la parole, et annonça que si tous étaient réunis ici quelle que fût leur qualité, du directeur de production au technicien de surface, c'était parce que la totalité des forces vives de l'entreprise ne serait pas de trop pour remplir notre mission du jour : trouver un concept d'émission qui permettrait à *l'Homme le plus beau du monde* de rencontrer des gens, de leur parler, d'être parmi eux. Cette séance de *brain-storming global* était une grande première, et Lucinda en attendait beaucoup. S'ensuivit une salve d'applaudissements, qu'elle fit cesser d'un signe de la main.

« Maintenant, plus de temps à perdre. J'attends vos propositions. »

Le temps passait, les idées fusaient, mais aucune n'était retenue par Lucinda. Elle semblait désespérer de trouver quelque projet à ma mesure quand une jeune fille se leva.

« J'ai peut-être une idée. Nous devrions créer une émission intitulée : *Qui veut épouser l'Homme le plus beau du monde ?* Il s'agirait de… Enfin, je pense que le titre se suffit à lui-même. Il pourrait rencontrer ses prétendantes, voire vivre parmi elles. »

Un grand silence enveloppa la salle de réunion. Lucinda resta immobile un instant, pensive, puis se retourna vers le miroir.

« Qu'en pense *l'Homme le plus beau du monde* ? »

Vivre parmi des femmes. En rencontrer vraiment, leur parler, être avec elles… J'allumai mon micro et dis simplement :

« C'est oui. »

Tout le monde sauta de joie. Lucinda ajouta :

« Il ne me semble pas vous connaître, jeune fille ?

— Je m'appelle Elizabeth, je suis script sur l'émission *Surprise, je te quitte !*
— Je vous félicite. Approchez-vous un instant. »

La jeune fille se dirigea vers Lucinda qui lui parla à l'oreille. Ce qu'elle entendit la fit rougir au point de manquer défaillir. Je compris tout de suite pourquoi quand Lucinda me rejoignit.

« Je lui ai dit qu'elle passerait la nuit avec toi, ce soir. Tu lui sors le grand jeu. »

Le *grand jeu* était l'argument ultime de Lucinda, celui qui faisait toujours pencher la balance en sa faveur lorsque des sex-symbols et superstars du cinéma étaient réticents à l'idée de participer à son talk-show phare. Mais cela m'étonna :

« Tu ne m'as pas habitué à cela, Lucinda.
— Que veux-tu dire ?
— Ce traitement de faveur est habituellement réservé à des femmes importantes et d'une grande beauté, alors que celle-ci n'est pas belle, elle est très ordinaire…
— C'est vrai, mais cette petite vient de nous faire gagner des millions. Ce privilège m'évitera d'augmenter son salaire… »

Les grandes lignes du concept furent trouvées très vite. L'émission serait diffusée en mondovision et, par là même, ouverte à toutes les femmes, quels que soient le pays, la couleur, la religion.

Lucinda insista un temps pour que des hommes y participent, un sondage récent ayant prouvé qu'en plus de la communauté homosexuelle, nombre d'hommes hétérosexuels coucheraient avec moi s'ils en avaient l'occasion. Je refusai catégoriquement : il me serait impossible de jouer la comédie à ce point.

L'émission durerait cent jours, serait tournée en huis clos dans un lieu tenu secret. Les candidatures consisteraient uniquement en l'envoi de photographies : aucune autre information ne serait demandée.

Le choix des cent prétendantes finales serait annoncé le soir de la première émission.

Bien sûr, Lucinda organiserait tout et assisterait chacun de mes choix.

Ainsi, chaque matin, je désignerais lors du *morning prime* les trois candidates que Lucinda estimait les moins fédératrices. Les téléspectateurs auraient la charge d'éliminer, durant l'émission du soir, celle qu'ils aimaient le moins.

L'émission fonctionnerait ainsi jusqu'aux cinq derniers jours, où je serais alors le seul à choisir.

Le centième jour, j'épouserais en direct l'une des deux finalistes.

Simple et efficace : « C'est tout moi », dit Lucinda.

Mille candidates furent soigneusement sélectionnées par Lucinda et son équipe parmi les millions de photos reçues. Lucinda eut en plus l'idée de proposer au public un bêtisier des photos les plus improbables. Cette séquence, fil rouge de chaque émission, serait intitulée « *Elles ont osé !* ».

Le grand soir arrivé, les mille élues étaient présentes dans la salle. Lucinda décida que je n'apparaîtrais pas physiquement ce soir-là. Seule ma voix émanerait des coulisses, d'où j'observerais la cérémonie et appellerais chacune des cent finalistes une par une. J'étais curieux de voir celles que j'allais enfin rencontrer.

J'appelai en premier le numéro 447. Une jeune femme grande et brune, évidemment sublime, bondit de son fauteuil et s'attira les honneurs mêlés de jalousie des neuf cent quatre-vingt-dix-neuf autres. Elle prit le micro et s'exprima en une langue que je ne parvins pas à identifier. Heureusement, un *pool* de soixante-cinq traducteurs était présent, et ses propos nous furent relatés en simultané. En larmes, elle exprima sa gratitude, et conclut en affirmant que s'il y avait plus de gens aussi beaux que moi sur Terre, la paix régnerait dans le monde, et plus personne ne mourrait de faim. Elle partit en coulisses sous une ovation émue.

Les suivantes rivalisèrent de compliments à mon égard. Du moins, à l'égard de ma beauté. Arrivé à la trente-sixième sélectionnée, la lassitude commençait à me gagner quand, soudainement, l'imprévu se produisit. Je venais d'appeler la candidate suivante et, quand sa photo s'afficha, l'assistance émit un « Oh ! » général. Elle était en effet très belle, sans doute la plus belle jusqu'à présent.

Mais là n'était pas la surprise.

Entendant son numéro, elle se leva mais, contrairement aux autres, ne se précipita pas parmi les travées pour arriver jusqu'à la scène. Je me demandai un instant si son enthousiasme était moindre que celui des autres, mais la réponse m'apparut bien vite : la lenteur de ses déplacements était due à la canne blanche qu'elle tenait d'une main.

Elle était aveugle.

Lentement, précautionneusement, elle évolua vers Lucinda, palpant le sol du bout de son salvateur appendice.

Lucinda la prit par le bras et, encore sous l'effet de la surprise, la plaça sans rien dire au centre de la scène, à son côté. Son professionnalisme reprit le dessus dans la seconde, et elle assena d'un doigt vindicatif vers la caméra *une* :

« Regardez, amis du monde entier ! *L'Homme le plus beau du monde* a aussi un grand cœur. *L'Homme le plus beau du monde* accepte la différence et tend la main au handicap. *L'Homme le plus beau du monde* va au-delà des apparences ! Il vous aime tous, quels que vous soyez ! »

Le public se mit à applaudir à tout rompre ; certaines spectatrices pleuraient même à chaudes larmes. Les visages les plus émus défilaient sur le grand écran, cadrés au plus près.

Lucinda enchaîna :

« Bonsoir, quel est votre prénom ?
— Jessica.
— Comment vous sentez-vous, Jessica ?
— Un peu nerveuse…
— Cela est bien compréhensible. Êtes-vous consciente d'être très belle ?
— On me le dit souvent. Mais étant aveugle de naissance, je ne sais pas ce qu'est la beauté. Je ne connais que les effets qu'elle produit sur les autres. »

Sa voix était douce, son discours sincère et doué de sens me séduisit. À entendre l'ovation qui lui fut réservée, je ne fus pas le seul. Ne pas savoir ce qu'est la beauté… Moi, je ne le savais que trop. De même que ses effets sur les autres.

Lucinda profita de cette belle séquence pour lancer une page de publicité et vint avec hâte me rejoindre dans ma loge. Je ne l'avais jamais vue aussi enthousiaste :

« Nous tenons notre gagnante !

— Déjà ?

— Évidemment. Je l'ai senti dès que j'ai vu sa canne, et ses paroles ont achevé de me convaincre. Non seulement elle est d'une immense beauté, mais en plus elle t'apportera la seule chose que tu n'as encore pu montrer au monde : une grandeur d'âme. »

Au moment d'entrer pour la première fois dans le *manoir de la beauté*, Lucinda décida que je ne marquerais pas trop vite mon intérêt pour Jessica. Lucinda avait insisté sur le fait que je devrais laisser croire aux candidates et au public que chacune avait sa chance. Je lui demandai comment faire, car, n'ayant pas l'habitude de parler aux gens, j'étais nerveux, j'allais tout oublier… Elle me bombardait d'instructions, tout cela était trop d'un coup, et je commençais à angoisser.

Or Lucinda avait tout prévu : elle me proposa de me souffler mes gestes et mes paroles par l'entremise d'une minuscule oreillette. Cela me rassura : je m'acclimatai ainsi à la compagnie des autres en douceur.

Le rituel de l'élimination était le moment phare chaque soir. Les trois nominées me faisaient face, toujours tremblantes et le regard implorant. Lucinda me transmettait par l'oreillette le nom de la première repêchée par le public, à laquelle j'offrais une petite statue d'Aphrodite, symbole de son répit.

Il ne me restait plus alors qu'une seule statuette, que je devais prendre grand soin de ne pas remettre trop vite, laissant la dramaturgie atteindre son paroxysme. Une fois l'Aphrodite offerte, je quittais la salle d'élimination, laissant la perdante seule face aux caméras.

Les jours passaient de façon fort agréable pour moi, il était merveilleux d'être à ce point entouré. Pris par mon enthousiasme et ayant acquis grâce aux répliques de Lucinda une certaine assurance, je décidai un jour de ne pas suivre les recommandations de mon oreillette, et me pris de sympathie pour une jeune femme très agréable, avec qui je discutai pendant plus d'une demi-heure. Excepté papa, maman et Lucinda, c'était la première fois de ma vie que j'échangeais si longtemps avec quelqu'un. Elle me parla d'elle, de son enfance, de voyages qu'elle avait faits. C'était passionnant. Sur la fin de la conversation, nous en vînmes même à rire : j'étais formidablement heureux.

Sitôt sorti du manoir, Lucinda vint me parler, furieuse :

« Qu'est-ce qui t'a pris ?

— Je me suis senti prêt à agir par moi-même.

— Sans me consulter ?

— Oui, Lucinda : sans te consulter. Je ne suis pas un robot, tu sais. Et j'ai bien fait car je viens d'apprendre à connaître quelqu'un. Rends-toi compte : j'ai ri avec elle.

— Tu as ri, c'est cela ? J'espère que tu en es satisfait, car je ne crois pas qu'elle rie, elle. J'en suis même sûre.

— Pourquoi dis-tu cela ?

— Eh bien, regarde ! »

Elle alluma l'un des écrans de contrôle.

« Vois-tu ce qui en train de se passer pour elle ? Les autres candidates la détestent, pis, la haïssent ! Toutes vous ont vus ensemble, tu étais méconnaissable, tout en sourires et rayonnant. Maintenant, c'est à elle de payer pour ton erreur. »

Sur l'écran, un groupe de candidates entourait la jeune femme, lui criant dessus, l'invectivant chacune son tour. Elle essaya de se rebeller face à une candidate trop agressive et insultante, mais celle-ci la gifla. Une fois, puis deux, puis trois. Personne ne s'interposa, tant les autres avaient l'air d'apprécier le spectacle. La jeune femme s'enferma dans une chambre, et se mit à pleurer à chaudes larmes.

« Alors, comprends-tu ce que je te disais ? Regarde le résultat ! Ne crois-tu pas que cette fille aurait préféré que tu sois un *robot*, comme tu dis ?

— Oui, je… Oui.

— Nous ne pourrons même pas la garder dans le jeu tellement cela va être dur pour elle. Voilà ce que quelques minutes de ton plaisir égoïste ont apporté à cette fille. Voilà ce qui se passe quand tu ne m'écoutes pas ! »

Désespéré, je regardai la jeune fille pleurer. Cela recommençait : ma beauté faisait du mal à ceux que j'aimais. Une fois de plus, elle engendrait les pires choses. Il n'y avait rien à faire.

« Je n'en peux plus, Lucinda. Je veux partir.
— Partir ? Mais nous avons une émission à finir !
— Peu m'importe. J'en ai assez.
— Mais où veux-tu partir ? Tu ne pourras aller nulle part ! Tu n'as pas encore compris ? Le monde entier est comme ces femmes ! Le monde entier aime ta beauté !
— Mais il y a forcément un endroit où je serais tranquille !
— De quel endroit parles-tu ? Regarde, j'ai le listing de nos derniers chiffres de vente : tu es partout. Pas un pays ne nous a échappé. Dans le moindre recoin de cette planète, ils t'aiment tous, ils veulent tous te ressembler. Tiens, regarde, là, ce petit État, je ne savais même pas qu'il existait. Nous vendons des photos de toi, là-bas aussi, certains se privent d'un repas pour avoir une image de toi, te rends-tu compte ?
— Mais il n'est pas possible que tous les humains me trouvent beau !
— Bien sûr que si ! Et sais-tu pourquoi ? Car depuis des dizaines d'années, des personnes comme moi travaillent à faire partager nos goûts au plus grand nombre ! La télévision, le cinéma, la presse, tous les médias, tout le monde ! Et celui qui a terminé le travail, c'est toi. C'est toi qui as enfoncé le clou : aux quatre coins du monde, partout où nous sommes, tu as mis tout le monde d'accord. »

Je restai interdit un moment. Lucinda avait raison, j'étais aussi coupable qu'elle, j'avais joué le jeu. Mais intérieurement je jubilais, car sans le savoir elle venait de m'apporter la solution dans sa dernière phrase : je devais me rendre *là où nous ne sommes pas*. En une contrée où aucun média n'aurait pris racine. Pas de presse, pas de télévision, pas de commerce, rien. Un endroit pur où les gens me laisseraient vivre parmi eux, à ma guise.

Oui, c'était cela. Enfin.

Je décidai de terminer l'émission sagement, comme un robot, sans m'attacher à quiconque. Je devais bien cela à Lucinda ; et pendant ce temps, j'organiserais mon départ. J'avais quelques semaines pour tout prévoir.

Cela nécessiterait des préparatifs méticuleux. Des recherches sans doute longues et pointues. Une organisation sans faille.

Mais ensuite, je pourrais disparaître, et ne plus causer de tort à personne.

À compter du cinquantième jour, Lucinda décida qu'il était temps pour moi de m'intéresser de plus près à Jessica. Elle était jusqu'alors restée discrète, ne se mêlant pas aux querelles, et les sondages d'opinion la plaçaient en tête du choix des téléspectateurs.

Elle fut la première à qui je dus réserver un dîner en tête à tête, durant lequel je récitai mes interventions le plus scrupuleusement possible. J'étais si attentif à ne pas commettre le moindre écart que je ne comprenais même pas ce que je lui racontais ; elle semblait pourtant passionnée par mes dires. En fin de repas, elle me demanda de la laisser palper mon visage. Lucinda fut enthousiasmée par cette scène, qu'elle diffusa accompagnée de la formule de son cru : *la beauté au bout des doigts*.

Le lendemain, Jessica faisait la une de tous les journaux ; elle ne la quitta plus.

Le grand *prime time* final se déroula dans un stade, soixante-quinze mille personnes s'étant battues pour obtenir le sésame les conviant à la grand-messe. Un dernier sondage montra que quatre-vingt-seize pour cent du public, s'il était à ma place, choisirait Jessica. Tout comme Lucinda l'avait prévu.

Il n'y avait pas de statuette pour la gagnante cette fois, mais une bague surmontée d'un immense diamant. Lorsque je la tendis à Jessica, des larmes perlèrent sous ses lunettes noires.

« Oui, je veux être ta femme. Je le veux car tu es beau. Mais je ne parle pas de ton physique, car nous, les non-voyants, percevons les choses autrement. Il s'agit de la beauté de ton âme… Ce que j'ai perçu en toi est magnifique : tu es l'être le plus doux, le plus aimant et spirituel qu'il m'ait été donné de rencontrer. Et c'est cela, la vraie beauté. »

J'avais honte, car ce n'est pas moi qu'elle aimait, mais le savoir-faire de Lucinda. Elle était tombée amoureuse des mots savamment choisis par une équipe de scénaristes redoutablement efficaces. C'était insupportable.

Heureusement, tout allait s'arrêter.

Sitôt l'émission finie, une limousine nous déposa chez moi. Nous nous installâmes sur le grand canapé. À voir Jessica si heureuse, sa tête appuyée sur mon épaule et sa main cherchant la mienne, j'éprouvai un profond malaise. Je ne pus attendre une seconde de plus.

« Il faut que je t'avoue quelque chose, Jessica.

— Le ton de ta voix… Il est étrange. Je ne le connais pas.

— C'est justement ce dont il faut que je te parle. Tu ne me connais pas, Jessica.

— Nous avons tout le temps pour nous découvrir, mon amour, et puis, nous avons déjà beaucoup parlé, toi et moi…

— Ce n'est pas moi qui t'ai parlé, jamais. Voilà ce qui t'a parlé. »

Je retirai ma minuscule oreillette et la lui déposai entre les mains.

« Je ne comprends pas.

— Lorsque je t'ai remis la bague, tu as dit aimer mon âme. Cette âme, tu l'as entre tes doigts. Ce que je t'ai dit, tout, le moindre de mes mots… je n'ai fait que l'entendre, et te le répéter. Je suis tellement désolé… »

Elle se redressa brusquement et tourna la tête vers moi.

« Tu me disais ton texte ? C'est cela ?

— Oui. Comme j'ai honte…

— Je ne connais peut-être pas le vrai toi, mais moi, tu me connais ! Nous avons passé tant de moments ensemble… N'as-tu rien éprouvé pour moi, ne m'as-tu pas trouvée, je ne sais pas, intelligente, drôle, n'as-tu pas senti la douceur en moi, toute ma tendresse pour toi, tout mon amour ?

— Je ne te connais pas non plus, Jessica. Parce que je n'ai pas voulu te connaître. Comment aurais-je pu éprouver quoi que ce soit pour toi, alors que je consentais à te duper, à faire de toi un instrument ? Je ne pouvais rien ressentir, ni pour toi ni pour quiconque. Je n'étais que dégoût. Dégoût de moi-même, de cette mascarade dont j'étais à la fois le marionnettiste et la marionnette. Au fil des jours, j'en suis venu à ne plus rien éprouver.

— Je n'arrive pas à y croire… Je suis tombée amoureuse d'une coquille vide, d'un robot… »

Un instant, je me sentis presque soulagé qu'elle fût aveugle : je percevais tellement de chagrin dans sa voix, au moins ses lunettes noires m'évitaient de voir la peine dans ses yeux.

Quelques interminables secondes passèrent, puis elle se leva brusquement, et se mit à crier en serrant les poings :

« Mais si cela te faisait tant souffrir, te dégoûtait à ce point, tu aurais dû le refuser ! Il fallait te rebeller, abandonner l'émission, partir !

— C'est ce que je vais faire, Jessica. Je vais partir. Tout laisser, et ne jamais revenir. Toute ma vie j'ai été ce robot que tu as connu. Ce fantôme. C'en est définitivement terminé. J'ai tout prévu depuis des semaines. Je pars. »

Elle s'apprêta à parler, à tenter de me dissuader sans doute, mais elle se tut.

Elle avait compris. Ses mains se desserrèrent et elle se laissa tomber dans le canapé. Elle me dit d'une voix abattue :

« Au fond de moi, je savais que tout cela était trop beau pour être vrai. Les contes de fées n'existent pas, tout le monde le sait.

— Je m'en veux, si tu savais... Mais maintenant, je dois partir.

— Vraiment ? Là, tout de suite ?

— Oui. Je n'en peux plus, Jessica. Je suis à bout depuis trop longtemps.

— Puis-je te demander une faveur ?

— Bien sûr.

— Laisse-moi habiter dans cette maison.

— Elle est déjà à toi, je me suis occupé de tout. C'est le moins que je pouvais faire... Mais pourquoi tiens-tu à y habiter ?

— Parce que, partout, je pourrai y sentir ton odeur. Il n'y a pas que ta beauté qui soit unique, tu sais. Ton odeur l'est également. Tu sens si bon… En restant ici, je pourrai la retrouver sur tes pulls, sur tes chemises. Je m'endormirai avec elle, dans tes draps. Ainsi, j'aurai l'impression de passer la nuit avec un peu de toi…

— Je suis tellement désolé…

— Allez, pars, maintenant. Mais n'oublie pas une chose : je ne cesserai jamais de t'aimer. »

Dans l'avion, je compulsai une énième fois mon plan qui, j'en étais certain, serait en tout point parfait. Le début s'était très bien passé : quitter la maison fut tâche aisée, car j'avais exigé, pour ma nuit de noces, d'être en totale intimité avec ma femme. Pas de personnel ni de gardes du corps, toutes caméras éteintes. Méfiant, j'étais tout de même sorti en escaladant le mur à l'arrière du jardin. Aucun accroc ne vint me ralentir. De même, j'avais posté comme prévu ma dernière lettre à l'intention de Lucinda. Mon point final.

La suite serait à coup sûr du même acabit. En effet, j'avais trouvé la perle rare, le peuple élu. Après avoir écarté de mes recherches les ethnies les plus isolées d'Amazonie ou du golfe du Bengale – soit parce que leur physionomie trop proche de la mienne me fit redouter qu'ils ne me trouvent beau, soit parce que je craignais pour ma vie –, mon dévolu s'était porté sur les Turkana.

Mais pas n'importe lesquels : j'avais repéré un groupement de villages qui, à ma connaissance, n'avait été approché qu'une poignée de fois entre 1944 et 1951.

Tout en eux me paraissait idéal : la région désertique du nord du Kenya où habitait ce peuple paisible était réputée inaccessible, et leurs critères de beauté étaient on ne peut plus différents des nôtres.

Mon périple dura six jours. Je passai mes deux premières journées à bord de trois avions de ligne différents, où je me découvris un léger mal de l'air ; cette impression fut largement confirmée par le petit bimoteur qui me brinquebala pendant une des plus longues heures de ma vie.

Ensuite, deux jours d'autocar me permirent enfin d'apprécier à sa juste valeur le paysage qui s'offrait à moi : le monde changeant au gré des couleurs de sa terre. Je vis du vert d'abord, partout, un vert puissant, impérial, gorgé de vie. Puis heure après heure, le vert commença à perdre de sa superbe, à se faner, à laisser un peu de place au jaune, par petites touches. Une journée de voiture fit le vide de toute autre couleur que l'ocre, ocre orangé d'abord, encore un peu riche, un ocre qui a sa pitance ; après trente heures à dos d'animal, puis à pied, ne subsistait plus qu'un ocre jauni, sec comme de la paille, un ocre qui a soif. À perte de vue, une terre craquelée dont on se demandait comment elle tenait vivants les maigres végétaux qui s'entêtaient à subsister là.

J'étais enfin à destination.

La chaleur était écrasante, autant que le spectacle de pauvreté et de dénuement qui s'offrait à moi.

Parvenu à proximité du premier village, je profitai de l'ombre aussi rare que salvatrice d'un vieil acacia au tronc noueux qui semblait trôner là, seul au milieu de nulle part. Je fus heureux de constater qu'aucun habitant ne m'avait encore aperçu, et me délectai des derniers instants que je devrais passer le visage enturbanné. J'avais envie de faire durer le plaisir, car bientôt, j'allais pouvoir m'offrir aux autres sans que ce cadeau leur parût une offrande extraordinaire. J'allais pouvoir vivre.

Assis à même le sol, le dos reposé contre l'arbre, je décidai de me restaurer quelque peu, buvant beaucoup. Une fois rassasié, j'eus l'idée d'observer mes futurs concitoyens à l'aide de la paire de jumelles que j'avais emportée.

Le spectacle fut très satisfaisant : les hommes Turkana étaient comme je l'avais lu couverts de cicatrices. Ces scarifications étaient pour eux d'une esthétique absolue, à tel point qu'ils avaient avec le temps élaboré une technique consistant à rouvrir ces cicatrices tous les deux ou trois mois, et ce dans le but de les renfler au maximum. Plus elles étaient apparentes et gonflées, plus elles étaient séduisantes.

Je quittai les jumelles un instant pour mirer mes avant-bras : la perfection de ma peau repousserait à coup sûr les plus aventureuses des femmes Turkana.

J'aperçus aussi leur lèvre inférieure pendante et ornée d'un imposant bijou en métal. Cela me confirma qu'ils pratiquaient toujours le rituel qui consistait d'abord à s'arracher, à l'aide d'un simple couteau, une ou deux dents au-devant de la mâchoire inférieure, puis à percer la lèvre d'un grand trou.

Cela me choqua, mais je n'en fus que plus comblé : mon corps intact ne me rendrait à leurs yeux que moins attirant.

Toutes les conditions étaient enfin réunies : des gens qui ne me trouveraient pas à leur goût, loin d'un monde qui n'avait rien à gagner ici, et n'aurait pas l'idée de m'y chercher. Loin de toute l'influence que j'ai aidé à imprimer partout.

Partout sauf chez les Turkana, ceux qui allaient devenir mes frères. Je riais à gorge déployée, englouti par les vagues de bonheur qui me frappaient l'une après l'autre. Je me sentais à ce moment-là tel un explorateur découvrant un nouveau continent, mais dont la motivation serait de le garder secret.

Je n'étais pas le seul à être heureux, apparemment. Un peu à l'écart du village, un groupe d'enfants jouait bruyamment, dans une nudité totale. Je les observais avec bienveillance quand, sur l'un d'eux, un détail coloré attira mon attention. Je portai mes jumelles à mes yeux et tentai de faire le point sur cet enfant, mais il bougeait trop pour que j'y parvinsse.

Et puis, enfin, le garçonnet s'arrêta. Son visage ne différait pas de celui des autres, mais ce n'était pas son visage que je voulais voir.

Je fis avec mes jumelles un lent mouvement descendant, pour voir le bas de son corps.

À cet instant, mon cœur se brisa.

Alors qu'il était entièrement nu, à ses pieds, l'enfant portait une paire de Nike.

Malgré l'isolement, malgré la misère apparente, le monde de Lucinda était arrivé jusqu'ici.

Je compris que je ne serais libre nulle part.

Désespéré, conscient que ma dernière chance s'était évanouie aux pieds de cet enfant, je me dirigeai alors vers le seul endroit où je pourrais trouver ma place : au milieu du désert, là où il n'y a rien, ni personne.

J'étais déterminé à me laisser mourir, et j'errai sous le soleil pendant plusieurs jours, épuisant mes réserves d'eau et de nourriture.

Lorsqu'un premier malaise me frappa, je regrettai de n'avoir pas appris à me repérer dans cette nature hostile.

Au deuxième évanouissement, je pris conscience que si ma volonté était d'en finir, je désirais que cela se fasse sans la souffrance que la faim et la déshydratation m'imposaient.

À bout de forces, je me rappelai que la solution était là, tapie au fond de mon sac à dos, parmi le matériel que j'avais pris soin d'emporter en cas de grand danger.

Ma balise de localisation par satellite.

Je n'aurais qu'à l'activer, et dans quelques heures Lucinda viendrait me récupérer, assistée d'un staff médical des plus complet et compétent.

J'activai le bouton *marche* de l'appareil comme je l'avais fait une bonne dizaine de fois durant mes préparatifs, mais rien ne se produisit.

Le bip suraigu ne se fit pas entendre, et aucune diode verte ou rouge ne s'éclaira.

J'ôtai la batterie, réitérai l'opération maintes fois. Le résultat fut sans appel : ma bouée de sauvetage était hors d'usage.

Le soleil m'accablait tant que mes membres commencèrent à ne plus m'obéir. Mes pas devinrent incertains, mes bras n'étaient plus que deux lourdes branches pendantes.

Je marchais, sachant qu'à chaque foulée je m'approchais un peu plus de la mort.

Quand ma volonté lâcha prise, je me laissai tomber au sol. Je n'eus même pas la force de me retourner sur le ventre pour échapper un peu à la morsure des rayons affamés sur mon visage.

Dans une dernière grimace, mes lèvres trop sèches se déchirèrent par endroits, laissant échapper quelques gouttes de sang que je bus par réflexe.

Des taches noires envahirent mon regard jusqu'à ne plus laisser passer de lumière.

C'était la fin.

J'ouvris les yeux sur un être d'une hideur peu commune qui me fixait intensément. Le visage de ce qui m'apparaissait être une très vieille femme était orné de tresses grisâtres, dans lesquelles s'entremêlaient des lambeaux de corde décorés de petites sculptures de bois.

Ses seins pendaient, nus, sur sa peau asséchée.

Je promenai mon regard autour de mon couchage, et compris que j'étais dans une minuscule case traditionnelle. Les murs de terre cuite étaient ornés de masques aux expressions peu engageantes, et nombre de sacs de toile et récipients de bois parsemaient le sol. Tous débordaient d'herbes, de racines et autres étrangetés que je ne parvins pas à identifier.

La vieille femme me prit par la main et m'encouragea à me lever. Je fus saisi d'un vertige, et me rassis aussitôt. La femme insista et je parvins à faire quelques pas jusqu'à l'extérieur où je constatai, après que mes yeux se furent habitués à la lumière, qu'il n'y avait pas la moindre habitation autre que celle de mon hôte. Le désert à perte de vue.

Sa voix nasillarde me surprit :

« Bois le soleil. Il n'est plus ton ennemi maintenant que ton corps n'a plus soif.

— Vous parlez ma langue, vieille femme ?

— Je sais beaucoup de choses.

— C'est-à-dire ?

— Plus que tu ne l'imagines…

— À vrai dire, je n'imagine rien, je me demande simplement où je suis.

— Tu es là où tu devais te trouver en cet instant.

— Pardon ?

— Cesse de poser des questions. Tu as très bien compris.

— Non, avec toute ma bonne foi, je vous assure que…

— Tu n'es pas ici par hasard. Je savais, après la lune nouvelle, que je devrais marcher en direction du Midana. Alors, j'ai marché, et je t'ai trouvé.

— Le Midana ?

— Tu ne comprendrais pas. Je t'ai ramené, et j'ai soigné ton corps. Ma mission est presque accomplie.

— Presque ?

— Oui, presque. J'ai pu soigner ton corps, mais ton âme est bien abîmée.

— Peux-tu la soigner ?

— Peut-être. Mais il faut que tu saches vraiment quel est ton mal, sinon, mes remèdes n'y pourront rien.

— Je sais quel est mon mal. Mais aucun remède n'y pourra rien changer.

— Je te l'ai dit, je sais beaucoup plus de choses que tu ne l'imagines. Viens, rentrons, et parle-moi de ton mal. »

« Mon mal, c'est moi. Mon visage, mon corps. Je suis mon propre poison.

— Es-tu aussi un poison pour les autres ?

— Pour ceux qui ne connaissent que mon image, non. Il semblerait même que je leur apporte du bonheur. Les autres, à part maman et Lucinda, ont toujours souffert de me connaître. Je leur offre au mieux la souffrance, au pis la mort.

— Tu es comme le soleil. Tu éclaires ceux qui sont loin, mais brûles ceux qui t'approchent.

— Oui. Mais je suis un soleil qui a froid, à l'intérieur. »

Elle me fixait d'une façon étrange. Ses yeux ne parcouraient pas mon visage, ne scrutaient pas le moindre de mes traits. Elle se contentait de me regarder dans les yeux. Et je lisais dans les siens autre chose que de l'admiration ou de l'enivrement : juste de la bienveillance.

« Pourtant tu es bon. Je comprends, maintenant. C'est parce que tu es bon que le Midana m'a appelée.

Mais cette bonté est prisonnière en toi. Elle est entourée de trop de peine, de tant de solitude… »

Je baissai la tête, tentant vainement de cacher les larmes qui venaient s'écraser sur le tissu poussiéreux de mon pantalon.

Elle posa sa main sur la mienne. Pour la première fois, je sentis que quelqu'un me touchait sans éprouver de désir. Un frisson me parcourut.

« C'est étrange, n'est-ce pas ? Quand je te touche.

— Oui.

— C'est cela, ton rêve ? Être touché sans brûler ?

— Le plus grand. Mais j'ai tout essayé. Il est irréalisable.

— Je peux t'exaucer. Je vais le faire. En attendant, tu dois te reposer. Dès que tu auras recouvré tes forces, je te dirai comment tout va changer. »

Quelques jours passèrent, dans le silence et la paix. Nous ne faisions rien, parlions peu. Je dormais beaucoup, découvrant le bonheur de me réveiller sans angoisse. Je passais le reste de mon temps à observer le paysage, cherchant vainement à apercevoir autre chose que l'horizon.

De temps à autre, la vieille femme partait vers nulle part, puis revenait avec de la nourriture ou quelque plante aux couleurs étranges.

Puis, un matin, elle m'annonça qu'il était temps.

« L'heure de ton départ est presque arrivée.

— Je ne sais pas si j'ai envie de partir… Je suis si bien, ici. Avec toi.

— C'est la peur qui te fait parler ainsi. Au fond de toi, tu sais que ton destin est ailleurs.

— Un rêve n'est pas un destin.

— Pour toi, cela va être le cas. Dors beaucoup cette nuit car demain, tu pars. »

Mon sac à dos alourdi de quelques vivres et d'un peu d'eau, je remerciai longuement la vieille femme qui, en un geste lent, pointa son doigt vers l'horizon.

« Marche tout droit dans cette direction, et dans deux nuits tu trouveras un village. Ensuite, ton argent te permettra de retourner sur ta terre. »

Mon argent, elle n'en avait pas voulu. Elle estimait que le petit bois était bien plus efficace pour allumer un feu.

Quand je fus à une vingtaine de mètres d'elle, elle me lança :

« Et n'oublie pas, tu devras faire ce que je t'ai dit lors de la prochaine lune ronde ! Sinon, cela ne servira à rien ! »

Je me retournai et la saluai une dernière fois.

Après quelques heures de marche, je me demandai si tout cela avait été réel.

Il me fallut quasiment huit jours pour rentrer ; l'épreuve du désert m'avait affaibli plus que je ne le pensais. Mais cela aussi faisait partie, j'en étais persuadé, du chemin initiatique menant à ma vie nouvelle.

Je fus par ailleurs très satisfait d'avoir conservé cet appartement, que j'avais acquis quelques années auparavant et aménagé en habitation de secours. Bien que disposant d'une surface réduite et d'un confort spartiate, l'endroit était situé dans un quartier où personne n'imaginerait me trouver, et renfermait assez d'argent et de nourriture pour tenir en autarcie pendant des lustres.

Les conditions étaient réunies. Tout était fin prêt.

J'étais installé sur la terrasse, mirant le ciel dominé par une lune parfaitement ronde, seul témoin des derniers instants de mon ancienne existence.

Suivant à la lettre les instructions de la vieille femme, j'ai sorti du petit sac de jute les divers ingrédients qu'il contenait. J'ai plongé les herbes, racines et autres curiosités dans de l'eau bouillante, puis en ai extrait avec méticulosité la précieuse décoction.

Il était l'heure.

J'ai porté le bol à mes lèvres et ai avalé d'un trait le breuvage. Son âpreté et l'amertume sur ma langue ne m'ont pas empêché de formuler mon vœu à voix haute, très distinctement, trois fois de suite.

J'attendais que le miracle se produise. J'étais dans l'expectative, attentif à tout : je ne savais si je devais m'attendre à quelque éclair déchirant les nuages ou si la Terre allait se mettre à trembler. Passé quelques minutes, l'impatience a fait place à l'incrédulité, puis à la colère.

Il ne s'était rien produit, mais une fatigue inhabituelle m'a subitement accablé. Tout mon corps s'est mis à me peser, mes paupières ont commencé à se fermer sans que je leur en intime l'ordre.

À bout de forces, j'ai rampé jusqu'à la chambre et me suis couché, déçu de m'être fait refiler la recette du plus puissant des somnifères en lieu et place d'un breuvage aux vertus magiques.

En pleine nuit, ce n'est plus le sommeil qui m'a accablé, mais une douleur dans tout le corps, dans chacun de mes os, chacun de mes muscles. Je me suis levé avec le plus grand mal, courbaturé au-delà de tout ce que j'aurais pu imaginer.

Je me suis péniblement traîné jusqu'à la salle de bains, avec une étrange et indescriptible sensation. J'ai échoué trois ou quatre fois à trouver à tâtons l'interrupteur, que je cherchais vingt bons centimètres trop bas.

La lumière enfin allumée, j'ai fait face au miroir.

Et j'ai vu.

Je me suis vu.

Je me regarde depuis des heures.

Trois ou quatre sûrement. Plus, peut-être.

Je n'en reviens pas. C'est encore mieux que je ne l'espérais.

Quand j'ai prononcé trois fois la même phrase hier soir, je n'aurais jamais imaginé que mon vœu soit aussi bien exaucé :

« Je veux être banal. Je veux être banal. Je veux être banal. »

Je voulais être l'homme le plus banal du monde. Eh bien, je le suis, maintenant. Encore plus que dans mon rêve.

Je suis tellement banal que chaque fois que mes yeux se détournent du miroir, je ne me reconnais pas quand mon regard y revient.

Même en me dévisageant, je suis incapable de me décrire. Je ne ressemble à rien.

Je ne suis ni petit ni grand.
Ni blond ni brun.
Ni gros ni maigre.

Je ne corresponds à aucun mot pouvant décrire l'aspect d'une personne.

En fait, je ne suis personne.
Je vais pouvoir faire ce que je veux.
Parler comme je veux.
Penser comme je veux.
Formidable.

Le jour s'est levé sans que je m'en rende compte. J'entends le bruit de la rue. Je suis prêt à enfin découvrir le monde, le vrai, sans en être le centre. Seul problème, je n'avais pas prévu que la banalité physique entraînerait une taille si moyenne. Aucun des vêtements que j'avais stockés ne me va plus, je dois faire des ourlets à mes pantalons et des revers à mes manches.

C'est pénible.

Heureusement, mon petit coffre-fort est rempli de billets et je m'en vais choisir de nouvelles tenues.

Choisir. Moi seul, sans personne d'autre. Je dois rêver.

L'ascenseur fait un arrêt au deuxième étage et une femme entre. Par réflexe, je baisse la tête, de peur d'être reconnu et harcelé. Mais elle ignore ma présence et s'adosse contre la vitre à ma droite.

C'est bizarre.

Je la dévisage un peu, mais rien ne se passe. La petite sonnerie retentit, et la femme quitte l'ascenseur. Je suis tout de même surpris de n'avoir eu droit ni à un *bonjour* ni à un *au revoir*. Les marques de politesse élémentaires. Mais enfin, l'essentiel est là : pour la première fois de ma vie, je n'ai provoqué aucune réaction.

Marcher dans la rue en étant banal, c'est une expérience fascinante. On peut faire ce qu'on veut. Regarder les gens, les vitrines, les voitures. S'arrêter un moment pour contempler une fontaine puis repartir, et s'arrêter encore, un peu plus loin.

On est libre, en fait.

Je trouve une boutique de vêtements et demande à la vendeuse de m'aider, pour les tailles. Elle me répond de façon calme, précise, professionnelle. Elle se contente de m'apporter en cabine quelques pantalons, T-shirts, pulls et blousons, sans rien dire ou presque. Je me régale de chaque moment. De chaque silence.

C'est drôle, cette petite bedaine que j'ai maintenant. Je la remue et, quand je la lâche, elle bouge encore un peu.

Il fait froid dehors, alors j'achète un pull chaud et bien épais. Il y a des flocons dessinés dessus, c'est amusant. Avec la parka vert kaki, ça va très bien. Et puis, c'est tellement plus confortable que ce que je portais avant…

J'ai faim, maintenant. Quel plaisir d'entrer dans une brasserie et de s'asseoir ! Comme ça, sans rien. Sans bruit, sans gens qui crient, sans qu'on me regarde.

Comme je suis heureux… J'ai envie d'embrasser tout le monde !

Par contre, je ne suis pas tombé au bon endroit : le serveur passe devant moi sans me regarder ! Il faut que je lui fasse signe plusieurs fois pour qu'il arrive enfin.

« Il veut quoi, le monsieur ?
— Pardon ?
— Votre commande ! Vous voulez quoi ?
— Un poulet frites, s'il vous plaît.
— Et pour boire ?
— De l'eau, merci.
— Un poulet frites, une carafe d'eau, ça roule ! »

Pas un mot de bienvenue, pas un compliment… Entre la femme de l'ascenseur et celui-là, je suis mal tombé. Quelle impolitesse…

Mais ça ne fait rien, ils n'arriveront pas à gâcher mon bonheur !

Monde, à nous deux !

Je suis crevé ! Marcher toute la journée, c'est épuisant, et puis je crois que mon nouveau corps n'est pas très en forme, il doit manquer d'exercice. J'ai mal aux pieds, et les jambes lourdes.

Je crois aussi que je n'arrive pas à bien le contrôler : je me suis fait bousculer une bonne dizaine de fois, dans la rue. Je ne dois pas marcher droit, peut-être.

En même temps, tout ne peut pas être parfait, il y a forcément des désavantages à être banal. Corps moyen, forme moyenne, capacités moyennes… Quand je réfléchis, j'ai même l'impresssion que je pense avec des mots moyens. Bizarre. En prenant ma douche tout à l'heure, j'ai aussi remarqué que j'étais devenu moyen de partout…

J'avoue, ça m'a un peu embêté, sur le coup.

Mais j'y gagne tellement, tant pis pour ce sacrifice.

Pour la première fois de ma vie, j'ai pu voir des personnes se comporter normalement. Avant, même quand j'étais caché derrière une vitre sans tain, les gens étaient bizarres. De savoir que je les regardais, ça les rendait nerveux. Là, même en étant à moins d'un mètre d'eux physiquement, ils étaient normaux. Comme si je n'étais pas là. J'ai écouté leurs conversations, c'est intéressant.

Quand je me suis arrêté dans un café, tout à l'heure, un couple discutait à la table voisine, sans remarquer ma présence. Au départ, j'ai trouvé le comportement du garçon très étrange : il n'arrêtait pas de faire des compliments à la fille assise en face de lui. Et que je te trouve jolie, et que tu me fais rire, et que tu es intelligente… Ce petit manège a duré plus d'une heure. Au moment où ils se sont quittés, elle lui a tendu la joue, mais il l'a embrassée sur la bouche. Elle a eu l'air surpris, mais elle s'est laissé faire finalement.

C'était donc ça : il lui mentait pour la séduire. Et ça a marché.

Avant, les gens essayaient toujours de me séduire. Sauf qu'ils ne me mentaient pas.

Allez, je vais dîner en regardant un bon film à la télé ! Un sandwich rôti de bœuf mayonnaise, voilà exactement ce qui me fait envie. Et une petite bière aussi. Quel film vais-je pouvoir regarder… Tiens, ils passent *Ciao ! Manhattan* de Palmer et Weisman ! Quand j'étais interviewé, je disais toujours aux journalistes que c'était mon film préféré, sur les conseils de Lucinda. C'est un film que peu connaissent, et j'avais pour habitude d'ajouter que je le trouvais *arty* et *expérimental.* En fait, je l'avais regardé deux ou trois fois, mais je n'avais jamais rien compris. Pour mon livre préféré, je disais le *Codex Seraphinianus* de Serafini. Les gens faisaient une drôle de tête, chaque fois. Je ne l'avais pas lu.

Mais aujourd'hui, plus de journalistes. Alors, plus de mensonges. Terminé, tout ça.

Une bonne comédie, voilà ce qu'il me faut. Voilà ce dont j'ai envie.

Envie. Merveilleux.

Bon, qu'est-ce que je vais bien pouvoir faire, demain ? J'irai me promener, manger quelque chose dans un restaurant, et puis…

Et puis on verra.

« Bonjour, monsieur ! »

Eh bien, pourquoi il me répond pas celui-là ?

« Bonjour, madame ! »

Elle non plus ? C'est incroyable ! J'ai envie de discuter, moi ! Marcher dans la ville toute la journée, c'est bien beau, mais si j'ai voulu devenir banal, c'est pour avoir des rapports normaux avec les gens ! Et personne ne me parle !

Qu'est-ce qui cloche ?

Peut-être qu'arrêter des personnes dans la rue, comme ça, ce n'est pas l'idéal. Comment font les gens, alors, pour qu'on s'intéresse à eux ?

Oh, j'ai tellement de choses à apprendre… C'est excitant !

Il me semble que dans les films, les gens se rencontrent dans les bars. Oui, c'est ça, ils s'offrent un verre et ensuite ils parlent de choses et d'autres, de leur vie et de leurs problèmes, puis ils trinquent et, très vite, ils deviennent amis.

Amis…

Maintenant que j'y pense, je n'ai jamais eu d'ami, moi ! C'est vrai, dans les films, on voit toujours des amis qui font plein de choses ensemble, qui vont en vacances, organisent des dîners, se font des blagues… Moi aussi, j'ai envie de faire des blagues à un ami ! Qu'on rigole, qu'on se tape dans le dos, qu'on se jette des verres d'eau à la figure ou, mieux, des tartes à la crème ! Formidable, je vais me trouver un ami et on s'enverra des tartes à la crème, et peut-être que le plat en aluminium restera collé au visage quelques secondes avant de tomber et que tout dégouline. Quelles parties de rigolade on va avoir avec mon meilleur ami !

Voilà, ce bar a l'air tout à fait adapté pour trouver un meilleur ami. Il y a beaucoup de monde à l'intérieur, c'est parfait. Plus tard, quand on en reparlera, on se dira :

« Tu te souviens du bar, au coin de l'avenue ? Mais si, le bar où on est devenus meilleurs amis ! »

J'entre tout sourire, mais l'endroit est plongé dans un silence étrange. Tous les regards sont tournés vers le grand écran de télévision. La chaîne infos barre l'écran d'un *flash spécial* en rouge et blanc au-dessus de la présentatrice. Je vois le barman se hisser sur la pointe des pieds et tendre le bras pour augmenter le volume.

« … un communiqué inquiétant faisant état de la disparation de *l'Homme le plus beau du monde*. Lucinda Ferrari vient de s'exprimer à l'instant, voici l'intégralité de son intervention. »

Lucinda apparaît à l'écran, elle est peu maquillée, paraît dix ans de plus qu'il y a quelques semaines.

« Chers amis du monde entier, je veux vous faire part de ma grande inquiétude. J'ai reçu il y a peu une lettre de la part de *l'Homme le plus beau du monde* me faisant clairement comprendre qu'il avait l'intention de ne plus jamais se montrer. Ces derniers temps, il a exprimé plusieurs fois la volonté de s'arracher au monde et aux pressions indicibles qu'il lui faisait subir. Aujourd'hui, au vu de la teneur de ce document, je sais que sa décision est prise. Chers amis, je crois que… »

Dans la salle, chacun retient son souffle.

« … que nous ne le verrons plus. Plus jamais. Je ne sais pas ce qu'il a fait, mais je suis sans doute la personne qui le connaît le mieux, et je suis très inquiète. J'espère de tout cœur qu'il va bien, mais… »

Lucinda ne parvient pas à finir sa phrase et éclate en sanglots. Elle porte un mouchoir à ses yeux, essuie ses larmes, et glisse un « Adieu » avant de se retourner sous les flashes et les questions des centaines de journalistes présents.

Adieu, Lucinda.

Moi, je ne suis pas triste d'avoir dit au revoir à *l'Homme le plus beau du monde*.

La présentatrice reprend l'antenne, et annonce les titres à suivre de son journal. Le serveur remet le volume à zéro et, lentement, le brouhaha des conversations reprend.

Voilà un sujet de discussion tout trouvé ! C'est le bon moment, allez, je me lance ! Mais qui vais-je choisir…

Tiens, celui-là a l'air sympathique.

« Bah, c'est pas si grave s'il a disparu, ce type !

— Pas si grave, tu dis ? Mais t'es con comme une huître, toi ! »

Je suis tombé sur un bougon. Tant pis. Lui, là, tiens. Il a une bonne tête :

« Bonjour ! Eh bien, quelle histoire !

— Quel drame, oui ! T'imagines, si on le revoyait plus jamais ? Pire ! S'il s'était… suicidé…

— Mais non !

— Mais non quoi ? T'en sais rien, tu le connais pas !

— Si, je le connais très bien.

— Quoi ? T'es en train de me dire que toi, tu le connais, *l'Homme le plus beau du monde* ?

— Oui. On est, comment dire… on est comme frères, lui et moi. »

Il me regarde d'un air ahuri, puis écarte les bras et dit très fort :

« Hé, les gars, vous savez quoi ? Ce mec, là, il me dit qu'il est le frère de *l'Homme le plus beau du monde* !

— Qui, lui, là ?

— Oui, j'te jure, il ose me dire ça ! »

Tous me regardent de haut en bas. Dans leurs yeux, je vois... Je ne sais pas ce que je vois, je n'arrive pas à comprendre. On ne m'a jamais regardé comme ça.

Chaque client y va de sa petite phrase :

« Mais pour qui il se prend ?

— Et t'as vu sa tête, en plus ? Il est même pas beau !

— Il a pas honte de dire ça ?

— Ouais, dans des circonstances pareilles en plus !

— Gros naze !

— Mythomane !

— Raté !

— Allez, dégage ! »

Un homme prend la petite serviette qui lui sert de sous-verre, la roule en boule et la lance dans ma direction. Elle atterrit sur mon épaule. Immédiatement, d'autres l'imitent. Je protège mon visage avec mes mains, par réflexe, comme si quelques serviettes en papier pouvaient me blesser.

Le flot de boulettes dure depuis une dizaine de secondes quand un homme, plus grand et costaud que les autres, s'approche de moi et leur demande de se calmer. Enfin, on vient à mon secours :

« Arrêtez, laissez-le ! »

Les jets et les insultes cessent tout d'un coup. Je crois que je viens de trouver mon meilleur ami.

« Merci, monsieur.
— Mais c'est normal, mon petit. On peut pas laisser faire ça au frère de *l'Homme le plus beau du monde*, tu crois pas ?
— Oui, je suis d'accord avec vous.
— Et il est d'accord avec moi, en plus ! J'hallucine ! Allez, on va lui rafraîchir les idées, hein, les gars ? »

L'homme prend une chope de bière sur le bar et, lentement, la renverse sur ma tête. Je crois que j'ai peur. Non, pas vraiment peur, c'est différent. Quelque chose de nouveau…

« Venez m'aider, les gars ! »

Quelques hommes et femmes se lèvent, viennent vers moi, et me renversent leur verre sur la tête, chacun leur tour, dans de grands éclats de rire. Je ne sais pas comment réagir.

Une chaleur monte à mes joues, puis à mon front. Je ne connaissais pas cette sensation, mais je me rappelle, maintenant, avoir vu des gens dans cette situation. Des gens qu'on avait humiliés en public.

C'est ça que je ressens.

Un sentiment d'humiliation.

Pour la première fois de ma vie, j'ai honte.

Je sors du bar en courant, dégoulinant d'un mélange de bière et de soda.

Je cours aussi vite que je le peux.

J'arrive à mon appartement, enfin. Je ferme la porte à double tour, et me laisse glisser par terre.

Qu'est-ce que c'est que ce monde ?

J'ai envie de pleurer.

Le jour de la mort de papa, j'ai eu peur des gens. J'ai eu peur d'une foule en folie, instinctive, irréfléchie. Au bar, c'était autre chose. J'ai eu peur des gens car leur violence était volontaire, symbolique et froide.

Les gens sont mauvais, je crois.

Depuis trois jours, je n'ai pas bougé de mon appartement. Je ne sais pas si je vais ressortir, bientôt. En même temps, j'ai sacrifié ma beauté pour vivre une vraie vie, pas rester enfermé comme je l'étais avant…

Tiens, on sonne à ma porte. Je n'ai pourtant appelé aucun livreur de pizza… Ah, c'est peut-être un voisin qui veut faire ma connaissance ! Ce serait un bon début, ça, des rapports de voisinage cordiaux. Voyons donc si c'est un homme ou une…

« Police. Que faites-vous ici, monsieur ?

— Je suis chez moi !

— Non, vous n'êtes pas chez vous. Vous êtes chez *l'Homme le plus beau du monde*. »

Le policier me fait signe de ne pas bouger et parle dans son talkie-walkie :

« Inspecteur, vous devriez monter. On a quelqu'un, ici.

— Je vous assure qu'il n'y a pas de raison de faire venir qui que ce soit ! Je vous dis que je suis chez moi !

— Vous expliquerez ça à l'inspecteur. »

J'attends depuis moins d'une minute quand l'inspecteur entre. Il ne ressemble pas à un inspecteur, je trouve. Il est jeune et a l'air gentil.

« Bonjour, monsieur.

— Inspecteur, ce doit être un malentendu…

— Écoutez, j'ai ici un document attestant que cet appartement appartient à *l'Homme le plus beau du monde*. Vous n'êtes pas sans savoir qu'il a disparu, et ma mission est de faire le tour de tous ses biens dans cette ville. Nous espérons le retrouver et le ramener à la raison. Alors, je vous pose la question très simplement : que faites-vous ici ? »

Tout va vite, dans ma tête. Je me rends compte que je n'ai pas été assez prévoyant : j'aurais dû mettre l'appartement sous un faux nom, ou aller dans un autre pays… Je ne sais pas pourquoi je suis revenu ici.

En tout cas, il est trop tard. Je n'ai aucune solution. Personne ne croira que j'ai changé d'apparence, jamais.

Je jette un regard à l'appartement : le coffre-fort est ouvert, débordant de billets. Le flic le voit en même temps que moi.

Je le bouscule et m'enfuis vers les escaliers.

« Mesdames et messieurs les jurés, je vous demande de bien m'écouter avant de délibérer sur le cas de mon client. Certains éléments jouent en sa défaveur, je vous l'accorde. Il habitait l'un des appartements de *l'Homme le plus beau du monde*, disposait d'une forte somme d'argent en liquide, et le portefeuille contenant les papiers d'identité ainsi que les cartes de crédit du disparu ont été retrouvés dans sa veste. Pour autant, quels éléments viennent accréditer la thèse de l'enlèvement, voire du meurtre de *l'Homme le plus beau du monde*, par mon client ?

« Aucun.

« Je vous le dis encore : aucun. Mon client a finalement reconnu devant vous être sans domicile fixe, et avoir squatté cet appartement qu'il a trouvé inhabité et porte ouverte alors qu'il tentait de se réchauffer, une nuit de grand froid. Regardez ce pauvre homme, voyez comme il est insignifiant ! La vie n'a pas aidé mon client, croyez-le. Alors, mettez-vous à sa place : non seulement il trouve une habitation chauffée et en très bon état, mais en plus une somme d'argent faramineuse s'offre à lui, comme cela, sans le moindre effort.

« Je vous le demande : qu'auriez-vous fait à la place de ce pauvre hère, sinon profiter d'un si heureux hasard ?

« Et puis, soyons sérieux un instant, si vous le voulez bien. Monsieur le procureur vous dit que mon client a peut-être agressé *l'Homme le plus beau du monde*, c'est bien cela ? Allons, allons… Comment ce pauvre type, dont on voit bien qu'il dispose d'une condition physique des plus ordinaire, aurait-il pu maîtriser notre apollon, dont chacun reconnaît les hautes qualités athlétiques ? Je vous rappelle que mon client, s'il a en effet tenté de fuir les policiers, a été rattrapé moins de dix secondes plus tard, tordu de douleur dans les escaliers ! Il s'est fait une entorse à la cheville en trébuchant sur la septième marche qu'il descendait ! La septième !

« Non, vous ne croirez pas que cet homme a été en mesure d'agresser qui que ce soit…

« Pour terminer ma plaidoirie, mesdames et messieurs les jurés, je vous demanderai de regarder mon client. Regardez-le !

« Que voyez-vous ? Je vais vous le dire : vous voyez un moins-que-rien. Un sans-logis, un indigent, un miséreux ! Un homme à qui la vie n'a rien donné. Rien.

« Je vous le demande comme un acte de charité : ne lui prenez pas ce *rien*. »

Un mois de prison ferme pour vol et violation de domicile, ce n'est pas si énorme, finalement. Mon avocat m'a dit qu'on ne pouvait pas espérer mieux.

Les premiers jours, ma célébrité ne m'a pas aidé. Avoir été soupçonné d'agression sur *l'Homme le plus beau du monde* m'a valu plusieurs raclées de la part de quelques codétenus. De la violence, encore et toujours. Au troisième passage à tabac, je m'y étais presque habitué.

Mais ils m'ont vite oublié. D'ailleurs, les nouveaux arrivants ne me reconnaissaient même pas alors que mon visage avait fait la une de tous les journaux quelques jours auparavant. C'est un grand avantage de ma banalité : mes traits sont si communs que les gens les oublient.

Tant mieux.

Je sors demain, déjà. Je dis *déjà* parce que, au bout de huit jours, la prison est devenue agréable. On m'a changé de cellule, et j'ai parlé à quelqu'un.

Adam, il s'appelle.

Il est ici pour escroquerie. Il était marin, et avec sa femme ils ont fait croire qu'il était mort en mer pour toucher l'assurance vie. Il a abandonné son vieux bateau au large une nuit de forte houle et est revenu avec un petit canot à moteur. Ça a marché, tout le monde a cru qu'il était passé par-dessus bord, et ils ont touché le pactole. Seulement, au bout d'un moment, il a eu des remords de faire croire à ses parents qu'il était mort et il est allé les voir. Il est entré chez eux discrètement, un soir, mais son père a cru être en face d'une sorte de fantôme et lui a mis un énorme coup de tisonnier sur la tête.

Fracture du crâne, cinq jours de coma.

Quand il s'est réveillé, à l'hôpital, deux personnes le veillaient : l'expert de son assurance et un policier. Dès qu'il a été sur pied, hop ! prison. Entre-temps, sa femme était partie à l'étranger avec l'argent. Et sa famille a décidé que, pour eux, il était définitivement mort cette nuit-là.

Le pauvre, il n'a plus personne maintenant, dehors.

Il doit être libéré dix jours après moi, et on s'est promis de rester ensemble, pour essayer de s'en sortir.

C'est un bon copain, Adam.

Je ne savais pas au départ, mais en prison on a la télé et les journaux. Alors, comme je m'ennuie, je ne fais que ça. Je suis comme avant, en fait. Enfermé, à regarder et à lire.

Tous les programmes ou les articles ne parlent que d'une chose : *l'Homme le plus beau du monde*. Toutes les polices l'ont recherché, enfin, *m'ont* recherché, et des dizaines de milliers de gens se sont portés volontaires pour aider les autorités aux quatre coins du monde. Ils ont organisé des sortes de battues, dans les villes et les campagnes, partout, tout le temps, sans me trouver.

Certains ont perdu espoir, et je sens bien que, jour après jour, ils se font à l'idée que, d'une manière ou d'une autre, *l'Homme le plus beau du monde* n'existe plus.

Les témoignages désespérés affluent, la presse en est remplie. J'en découpe certains, et les garde entre les pages d'un cahier, comme des fleurs séchées. J'en ai encore trouvé un de bien, ce matin :

« Je m'appelle Veronica, j'ai vingt-quatre ans. Depuis mon adolescence, je suis bien sûr amoureuse de *l'Homme le plus beau du monde*. J'ai une pièce, chez moi, qui lui est consacrée. Toutes ses photos, tous les articles, tous ses objets. Ma collection a même remporté le deuxième prix lors de l'émission "Qui aime le plus *l'Homme le plus beau du monde* ?". J'aurais dû finir première d'ailleurs, mais la gagnante était une cousine du fiancé de l'assistante de production, alors, forcément, vous savez ce que c'est dans le show-biz, tout ça, c'est magouille et compagnie…

« Depuis qu'il a disparu, ma vie n'a plus de sens. J'ai perdu quinze kilos. Je ne suis jamais sortie avec aucun homme, je m'étais préservée pour lui, car je savais qu'on finirait par se rencontrer et qu'il verrait tout de suite que personne ne pourrait le rendre plus heureux que moi. Un jour, j'ai attendu quatre heures à la sortie d'une émission télé et il m'a signé un autographe. Quand je lui ai dit "Merci", il m'a dit "Je vous en prie" et j'ai bien vu dans son "Je vous en prie" qu'il voulait me dire quelque chose. Il m'a regardée différemment des autres filles, je le sais. J'ai compris qu'il voulait me parler, m'emmener avec lui peut-être, pour qu'on passe le reste de notre vie tous les deux, seuls, loin de tout. Mais il y avait des centaines d'autres filles autour de moi, qui hurlaient qu'elles l'aimaient, et son professionnalisme l'a poussé à faire comme s'il ne m'avait pas remarquée, bien sûr. Pourtant, il savait qu'aucune ne l'aimait comme moi ; qu'elles ne voyaient que sa beauté, mais pas tout le reste. Moi, j'ai toujours lu en lui, on était comme connectés. Comme si un fil d'or reliait en permanence son esprit et le mien, même s'il était à l'autre bout de la Terre.

« Alors, je comprends, moi, pourquoi il est parti. Il en avait assez de tous ces gens, mais je veux lui dire une chose : dis-moi où tu es. Dis-moi où tu te caches et je viendrai te rejoindre. Nous vivrons tous les deux, loin du monde, et alors tu auras l'éternité pour me dire ce que tu n'as pas pu me dire ce jour-là. Je t'attends. Je t'aime. »

Il y a une photo d'elle au milieu de l'article. Je ne sais pas qui est cette fille. Je n'en ai aucun souvenir.

Quand on me disait « Merci », je répondais « Je vous en prie ».

Adam me prend dans ses bras et me donne quelques tapes dans le dos.

« Je sors mardi, tu viendras me chercher, hein ? On ira boire des coups, tous les deux ! »

Bien sûr que je viendrai le chercher. C'est mon seul ami, Adam.

Pendant que la grille de la prison s'ouvre, je n'arrête pas de penser à ce que je vais bien pouvoir faire. Je n'ai rien. Pas d'argent, pas de maison, pas de travail, rien. Même pas d'identité.
Je ne suis personne.
Comment je vais faire pour vivre ?

La grille s'ouvre enfin et un gardien me lance une petite phrase d'encouragement, pour la suite. Je voudrais bien, moi, qu'il y ait une suite. Je n'ai pas changé d'avis, je veux rester banal, mais si je pouvais éviter de tomber dans la misère…

Je ne pensais pas que l'argent poserait un tel problème. Normalement, je devrais monter dans une limousine comme celle-là, et…

Mais je la connais, cette limousine !

Je m'en approche, et la vitre fumée à l'arrière descend doucement.

Derrière ses énormes lunettes noires, je reconnais…

« Lucinda ? »

Elle m'ouvre sa portière sans un mot. J'entre et m'installe à côté d'elle.

« Nous allons faire un tour, vous voulez bien ?

— Oui.

— Démarrez, chauffeur. »

Elle appuie sur un petit bouton qui fait remonter une vitre entre nous et l'avant de la voiture. Elle ne veut pas qu'on nous entende.

« Dites-moi où il est.

— Pardon ?

— Je veux savoir où il est. Qu'avez-vous fait de *l'Homme le plus beau du monde ?*

— Si vous avez suivi le procès, vous savez bien que…

— Je sais bien que vous avez berné tout le monde. Vous l'avez tué, c'est ça ?

— Mais non !

— Je suis certaine que vous lui avez fait du mal. Il n'y a qu'à vous regarder pour savoir que sa beauté vous était insupportable…

— C'est vrai, oui, elle m'était insupportable.

— Vous avouez ?

— Non, je n'avoue rien. Je ne l'ai pas tué, je ne l'ai pas enlevé non plus. Je le jure.

— Aidez-moi, je vous en supplie… Vous l'avez vu, non ?

— Oui. Je l'ai vu. »

Lucinda enlève ses lunettes, et me regarde comme si j'étais tout à coup devenu quelqu'un de très important. Elle me regarde presque comme avant.

« Dites-moi !

— Je suis la dernière personne à l'avoir vu.

— La dernière…

— Oui. Lucinda, écoute-moi bien : *l'Homme le plus beau du monde*, c'est moi.

— Vous n'êtes pas drôle.

— Je te jure, Lucinda, je te dis la vérité. Je suis parti en Afrique et j'ai rencontré une femme, une espèce de sorcière. Elle m'a permis de réaliser mon plus grand rêve : devenir banal. Mais tout ne s'est pas déroulé comme prévu.

— Vous êtes complètement fou. Nous allons arrêter là notre entrevue. Chauffeur, déposez monsieur !

— Non, Lucinda, attends. Laisse-moi une chance de te le prouver.

— Me prouver quoi ? Vos fantasmes de quidam ?

— Donne-moi une minute, et tu seras convaincue. Je sais que quand tu as proposé le contrat à ma mère, elle n'a pas compris que la somme serait versée chaque année.

— Tout le monde sait ça. Lui et moi l'avons raconté dans des interviews.

— Oui, d'accord. Euh… Pour mes vingt ans, tu m'as offert vingt filles. On n'a jamais couché ensemble, parce que tu disais que tu n'arriverais pas à travailler correctement, après. Ensuite, je… Ah ! oui, je sais. Là, je vais te convaincre, personne n'est au courant : ma cicatrice au sourcil, ce n'est pas une banale chute comme les médias l'ont raconté. Je me suis blessé volontairement, contre le miroir de ma salle de bains. Alors ? Convaincue ?

— Oui, convaincue… »

Elle attrape son sac à main, le pose sur ses genoux et en sort un livre.

« Convaincue que vous avez au moins une qualité : vous lisez très vite. Il n'est sorti que ce matin. »

Je prends le livre et regarde la couverture : *Ma vie avec l'Homme le plus beau du monde*, par Lucinda Ferrari.

« Tout ce que vous m'avez dit est écrit là-dedans. Depuis ce matin j'en ai vendu des centaines de milliers. Vous êtes donc, comme des centaines de milliers de personnes, au courant de tout sur lui et moi.

— Mais j'étais en prison !

— Vous avez sans doute demandé à quelque ami de l'acheter pour vous à la première heure, et de vous l'apporter immédiatement. Ce qui n'est guère étonnant compte tenu de votre obsession pour *l'Homme le plus beau du monde*…

— Mais… Lucinda, tu as vraiment tout raconté sur moi ?

— Sur *lui* ? Absolument tout.

— Même à propos de la mort de maman ?
— Oui.
— Tu as dit que j'étais à la maison quand elle a fait son malaise, mais que personne n'a osé venir me voir ?
— Oui.
— Tu n'as pas raconté l'hôpital, quand même ?
— Si. Dans *tout*, il y a l'hôpital.
— Ce qu'elle m'a dit ?
— C'est dans le livre.
— Même mes derniers mots avant qu'elle ne…
— Dans le livre.
— Mais il y a bien un détail, quelque chose d'encore plus intime…
— Non. Plus rien n'est intime, j'ai tout raconté. »

Je regarde le livre et je suis triste. Dans ces quelques centaines de pages, Lucinda a raconté toute ma vie d'avant. Tout. Les quelques secrets qu'il restait à *l'Homme le plus beau du monde* n'existent plus.

Lucinda les a vendus. À des centaines de milliers d'exemplaires.

« Je voudrais descendre, maintenant.
— C'est ce que vous avez de mieux à faire, oui. Chauffeur ! »

La limousine s'arrête et j'ouvre la portière, encore sous le choc. Je ne connais plus Lucinda. D'ailleurs, le regard qu'elle pose sur moi est celui d'une femme que je ne connais pas. Ses yeux sont froids, ils ne brillent pas.

Je me penche vers elle avant de refermer la portière.

« Lucinda, tu n'aurais pas un peu d'argent, s'il te plaît ? Je n'ai même pas de quoi manger. »

Elle fait signe à son chauffeur, et part sans tourner la tête vers moi.

Je vois la limousine s'éloigner, et disparaître au bout de l'avenue.

C'est l'hiver, dehors. C'est l'hiver autour de moi.

Je ne sais pas quoi faire.

Je ne sais pas où aller.

En quelques semaines, mon rêve s'est transformé en cauchemar. J'avais tout et je n'ai plus rien. Juste les vêtements que j'avais achetés, avant la prison. Ils ont bien vu que *l'Homme le plus beau du monde* ne porterait jamais ces habits-là, et me les ont laissés. Alors je les trimballe avec moi, dans un sac-poubelle. Je marche. Je marche vite. Je marche lentement. Et puis, je m'arrête des fois.

C'est ça, ma liberté. Rien que ça.

Hier, j'en avais assez de marcher et je me suis arrêté. Assis à l'entrée d'un immeuble, j'étais à l'abri du vent glacial. Une femme est sortie avec son petit chien au bout d'une laisse, elle m'a enjambé sans me jeter un regard. Je ne suis pourtant pas sale, pas encore. Ça ne fait que trois jours. Ou quatre, je ne sais plus. La femme est rentrée un quart d'heure après, comme elle était sortie. Sans me voir, sans rien me dire. Le chien tirait moins sur la laisse. Il était un peu essoufflé, aussi. Elle lui parlait, à lui :

« Il s'est bien promené, mon chéri ! Il a bien fait son pipi ! Et il a faim maintenant ? Oh, oui, je le vois qu'il a faim ! Qui c'est qui va te préparer un bon repas ? C'est maman ! »

J'ai eu envie de lui dire quelque chose, à cette femme, je ne sais pas, lui dire que j'existais, que je n'étais pas un vieux meuble, ni un déchet. Lui dire que j'avais faim, moi aussi. Que j'avais envie qu'elle me prépare un bon repas, maman. Comme à son chien.

Mais je n'ai rien dit.

Je me suis remis à marcher, pour ne pas mourir de froid. Il n'y a pas si longtemps, j'ai failli mourir de chaud, et là c'est le froid qui me torture. Moi qui avais envie que ma vie change du tout au tout, je suis servi.

En marchant, j'ai vu d'autres hommes comme moi. Qui cherchaient un abri sous une porte cochère, dans le hall d'un immeuble. J'ai été surpris. Je n'en avais jamais vu, avant.

J'ai essayé de parler à plusieurs d'entre eux, mais ils étaient trop soûls, ou trop méfiants, ou bien les deux à la fois. Et puis, l'un d'entre eux est venu s'adresser à moi :

« T'es nouveau, toi, hein ?

— Nouveau ?

— Dans la rue, je veux dire !

— Euh, oui, je suis nouveau.

— Tu veux une clope ?

— Non, merci.

— Tant pis pour toi, je te le proposerai pas deux fois. Ça réchauffe, la clope, tu sais.

— Ça fait longtemps, toi, la rue ?

— Oh ! deux ans, bientôt trois.

— Et tu étais quoi avant ?

— J'étais quoi ? C'est quoi cette question ?

— Moi, par exemple, avant, j'étais beau. Maintenant je suis banal, alors je n'ai plus rien.

— J'comprends rien.

— J'ai tout perdu parce que je suis devenu… personne !

— Ah ! oui, d'accord, j'ai compris. Moi, avant, j'étais quelqu'un, aussi. Boulanger, monsieur. Ouais, et j'avais ma propre boulangerie ! T'y crois pas, hein ?

— Mais si, pourquoi je n'y croirais pas ?

— Bref, j'avais tout ce qu'il faut, maison, deux voitures… T'entends ? Deux voitures, à moi !

— Oui, et alors ? Moi, j'en avais… Je sais même pas combien j'en avais, tiens. Des dizaines.

— Des dizaines, oui, d'accord. C'est pas la clope qui te réchauffe, toi, c'est la bibine ! Bon, tout ça pour dire que comme les autres gars, j'ai perdu tout ce que j'avais, à commencer par ma femme.

— Ah, j'ai été marié moi aussi !

— Moi ça a tenu douze ans. Et toi ?

— Un jour.

— Ça fait court, dis donc. Bref, après ma femme, j'ai tapé dans la bouteille, et j'ai perdu mon boulot. Et comme j'avais pas d'amis… Enfin, je croyais que j'en avais, mais j'en avais pas puisque y en a pas un qui s'est bougé pour me sortir de la merde. Alors voilà. Presque trois ans.

— Moi c'est pareil. J'ai perdu mon boulot en quelque sorte, et j'avais pas d'ami. Pile comme toi.

— Pile comme nous tous ! Regarde-les, les autres. Y en a, ça fait dix, vingt, trente ans. Regarde comme ils sont abîmés. Tu vois comme ils saignent ? Ça crève les yeux comme ils ont mal. Toi, c'est bizarre, t'as pas l'air d'avoir trop mal. Sûrement parce que c'est tout nouveau. Mais si tu t'en sors pas maintenant… c'est foutu. Tu seras comme eux. Comme moi. »

J'ai pris une cigarette finalement. Il m'a proposé une deuxième fois. Je n'ai pas fumé pour me réchauffer, non, mais pour qu'on partage quelque chose, qu'on réfléchisse, ensemble, sans rien dire. J'ai toussé, au début.

Et puis on s'est endormis.

J'ai ouvert les yeux sur un monde dégueulasse. Le jour à peine levé, des lumières qui s'allument l'une après l'autre aux fenêtres, des gens qui sortent de chez eux. Et puis nous, les moins-que-rien, le décor à peine mouvant.

J'ai faim.

Alors j'ai fait comme les autres, j'ai tendu la main. Mais je dois être vraiment trop banal, parce que personne ne m'a regardé, encore une fois.

Invisible parmi les invisibles, je n'ai aucune chance de m'en sortir.

En prison, au moins, je mangeais.

Je me suis levé, et je me suis remis à marcher. J'ai marché jusqu'à être épuisé. Quand je suis arrivé au bout de mes forces, je me suis assis sur un banc, sur une petite place, à côté d'un manège.

Des enfants riaient et mangeaient des crêpes au sucre. Au chocolat, aussi. Je n'avais jamais regardé les enfants, avant. Les voir rire, s'amuser, ça m'a réchauffé.

Une petite fille, qui n'arrivait pas à remettre sa chaussure tout en tenant sa crêpe, s'est éloignée de sa mère et est venue s'asseoir à côté de moi, sur le banc. Je l'ai observée mettre toute son attention à bien faire la double boucle de son lacet, et j'ai eu envie de lui dire quelque chose, juste pour parler :

« Alors, petite fille, on s'amuse bien ?
— Beurk, tu sens mauvais, monsieur.
— Quoi ?
— Tu sens pas bon ! Tu sens comme les poubelles !
— Mais c'est parce que je… »

Je n'ai pas eu le temps de finir ma phrase. Sa mère est arrivée, s'est plantée devant moi une seconde et a pris sa fille par la main, en me jetant un regard haineux. Je connais bien ce regard, maintenant. J'en apprends tous les jours…

Je sens mauvais ? Je ne m'en étais même pas rendu compte. Voilà ma nouvelle vie, sentir mauvais, « comme les poubelles ».

Il faut que je me lave.

Les douches publiques, je ne savais pas que ça existait. J'ai trouvé ça dans un annuaire, dans une cabine téléphonique.

Je deviens débrouillard, à force.

Sous le jet d'eau chaude, je reste immobile. Je ne fais pas que me laver aujourd'hui, je prends du plaisir. Le plaisir de tout oublier, de juste sentir mon corps chaud, comme s'il était différent, comme si je l'aimais bien. C'est la première fois, il me semble.

En réfléchissant à ce que je vais faire le reste de la journée, je récupère mes vêtements et, au moment de les enfiler, je me rends compte qu'ils sentent vraiment mauvais. La petite fille avait raison. Mais ce n'est pas moi qui dégageais cette odeur de poubelles, ce sont ces fringues.

Je colle mon avant-bras contre mon nez et inspire profondément. Mon corps sent bon. Il sent toujours aussi bon, la même odeur qu'avant.

La même odeur qu'avant…

Mais bien sûr !

Je suis soulagé de voir que la maison n'est plus aussi surveillée que lorsque j'y vivais. Je suis arrivé à la porte sans aucun obstacle. J'espère que Jessica y vit encore.

Je sonne.

Après une vingtaine de longues secondes, la porte s'entrouvre de quelques centimètres, retenue de l'intérieur par une chaîne. C'est bien elle.

« Qui est-ce ?

— C'est moi.

— Qui ça, moi ? Votre voix ne me dit rien.

— C'est normal, il y a eu du changement.

— Voulez-vous me dire qui vous êtes, s'il vous plaît ?

— Tu ne me croirais pas. Alors, sens.

— Que dites-vous ?

— Je te demande juste de sentir. »

J'approche le dos de ma main de son visage et, dans mon mouvement, effleure à peine le bout de son nez. Ce contact suffit à lui faire peur, et elle a un mouvement de recul en poussant un petit cri de surprise. Mais aussi vite, elle se bloque. Elle passe sa main par l'entrebâillement de la porte, attrape mon avant-bras et le plaque contre ses narines.

« Cette odeur…

— Oui ?

— Ce n'est pas possible ! Je reconnais cette odeur, mais je sens bien que ce n'est pas son bras, il n'est pas assez ferme et élancé, et puis cette voix… Qui êtes-vous ?

— C'est moi. L'ex-*Homme le plus beau du monde*.

— Qu'est-ce que vous racontez ?

— Laisse-moi entrer, Jessica, s'il te plaît. Tu sais bien que c'est moi. Personne d'autre que moi n'a cette odeur, tu l'as dit toi-même. »

Si j'avais pu voir ses yeux, j'aurais lu que ma phrase l'avait convaincue.

Elle referme la porte, j'entends la chaîne coulisser. Elle rouvre et me laisse entrer.

« Assieds-toi. Tu veux boire quelque chose ?

— Oui, avec plaisir. Et manger, aussi, si ça ne te dérange pas.

— Mon repas est presque prêt. Nous partagerons, si tu veux bien. »

Jessica s'assoit à côté de moi, toute proche. Elle ne dit rien pendant un moment, puis me demande :

« Alors, que s'est-il passé ? Lucinda m'a fait peur, elle n'a cessé de m'appeler. Elle croit que tu es mort.

— Elle n'a pas tort, d'une certaine façon. *L'Homme le plus beau du monde* est mort, oui.

— Qu'est-ce que tu racontes ? Je sens bien que c'est toi ! Et à moins que je ne sois complètement folle, tu es bel et bien vivant !

— Vivant, oui. Mais *beau*, c'est terminé. »

Je lui raconte toute mon histoire. Elle a du mal à y croire, mais finit par accepter l'incroyable, la magie. Ensuite, pendant le repas, elle se lève trois ou quatre fois, juste pour s'approcher de moi et me sentir, encore et encore. Je ne sais pas si c'est pour s'assurer que c'est bien moi, ou simplement pour le plaisir de reprendre un peu de mon odeur. Je suppose que les draps ne sentent plus, maintenant. Ça a dû lui manquer.

Après le dessert, nous sommes restés longtemps à parler de tout et de rien. Pendant quelques heures, j'ai cru être à nouveau quelqu'un. Le fait qu'elle ne me voie pas m'a fait exister, pour la première fois. Elle ne s'est pas rendu compte que j'étais invisible.

« Tu sais, le monde est insupportable, cruel, laid. Je croyais tout gagner, mais j'ai tout perdu. Il ne me reste rien. Je n'ai plus que toi, Jessica. »

Elle s'agenouille devant moi et approche ses mains de mon visage.

« Je peux ?
— Oui, vas-y. »

Je sens la pulpe de ses doigts se promener sur ma peau. C'est doux, c'est chaud. Comme des baisers. Elle me touche les joues d'abord, puis le menton, la bouche, le nez. Cette chaleur, ce simple contact me libèrent le cœur. Comme s'il était serré, compressé jusque-là, et qu'il relâchait toute la pression d'un coup. Ses doigts sur mes lèvres me font plus de bien que tous les corps auxquels j'ai fait l'amour, avant. Une larme coule sur ma joue et glisse entre ses doigts.

« Tu pleures ?

— Oui. Personne ne m'avait touché depuis trop longtemps…

— Ton visage est étrange. Tu n'as presque pas de traits. J'aurais du mal à te reconnaître, même si je te touchais à nouveau demain.

— C'était mon vœu. Être banal, passe-partout. Ne plus sentir tout l'attention sur moi.

— Il me semble que cela a fonctionné…

— Oui, ça a marché encore mieux que prévu. Je ne suis pas banal, en fait, je suis inexistant. J'en avais assez d'être quelqu'un, et maintenant je ne suis plus personne. Et je n'ai plus personne. Heureusement que tu es là. Tu m'aimes encore, n'est-ce pas ?

— Si je t'aime encore ? Mais non, voyons.

— Quoi ?

— Je ne t'aime plus.

— Tu as dit que tu m'aimerais toujours !

— Non. J'ai dit que j'aimerais toujours *l'Homme le plus beau du monde*. Pas toi.

— Mais enfin… Le premier soir de l'émission, tu as dit que tu ne savais pas ce qu'était la beauté ! Tu as menti alors ?

— Non, je n'ai pas menti. Pourquoi crois-tu que je m'étais présentée à cette émission, puisque je ne t'avais jamais vu ?

— Je ne m'étais jamais posé la question…

— C'est parce que tu étais une idole, une icône. C'est cela que j'aimais en toi, et c'est ta beauté qui te l'apportait. Aujourd'hui, je ne sais toujours pas ce qu'est la beauté, mais souviens-toi, j'avais ajouté ce soir-là que je savais l'effet qu'elle faisait sur les gens. Moi, je t'aimais pour l'effet que tu faisais sur les autres, un effet tel qu'il en était palpable. Mais aujourd'hui…

— Comment peux-tu être aussi cruelle ?

— Je ne suis pas cruelle. Mais je n'ai plus envie de t'aimer. À quoi bon, puisque les gens t'ignorent… Puisque tu n'es plus rien, il n'y a plus rien à aimer en toi. »

Je suis effondré. J'ai envie de mourir.

Jessica se lève et sort du salon, sans un mot. Je vais vers la porte et l'ouvre mais, encore sous le choc, je m'arrête une seconde pour respirer un grand coup avant de repartir dans la rue.

À ce moment-là, je vois Jessica revenir, se planter devant le fauteuil où j'étais assis et tendre une liasse de billets dans le vide.

Si j'étais resté assis, j'aurais pris cet argent. J'aurais accepté son aumône. Parce que je n'aurais eu qu'à tendre la main.

Mais je ne suis plus en face d'elle. Tant mieux.

Du temps où j'étais beau, j'étais incapable d'aimer. Aujourd'hui, je sens bien ce qu'est l'amour, je ressens ce potentiel en moi, qui grandit à mesure que je me rends compte qu'il n'est pas un dû, mais une conquête, une chance.

Maintenant que je suis capable d'aimer, je serais incapable d'aimer une femme comme Jessica.

Quand les portes de la prison se sont ouvertes, Adam a couru vers moi et m'a pris dans ses bras.

« Je croyais que tu m'attendrais pas, mon gars !
— Mais je t'avais dit que je viendrais ! Et je suis là.
— Je suis content, t'imagines pas. J'ai plus personne, tu sais. J'ai que toi.
— Pareil. On a de la chance, finalement. On est deux, maintenant.
— Bon, on va pas rester toute la journée devant la prison, non ?
— T'as raison. Allez, on y va. »

Dire « on y va » en sachant très bien qu'on ne va nulle part, c'est un beau mensonge à partager. L'important, ce n'est pas d'aller quelque part. C'est le « on » qui compte.

On s'est trouvé un coin tranquille, à côté du métro. Adam était content que je lui apprenne des choses sur la rue. Comment ne pas avoir trop froid, comment faire pitié aux gens pour qu'ils donnent, mais pas trop pour qu'ils ne soient pas dégoûtés.

On a parlé toute la journée, on a fait des projets. Aller au soleil, ensemble. On doit avoir l'air moins pauvre quand on est bronzé.

Il m'a dit qu'avant que sa femme le quitte, ils avaient prévu de fêter leurs dix ans de mariage en Polynésie. Il m'a raconté la brochure de l'agence de voyages, ça donne envie, c'est sûr.

On ira ensemble, un jour.

Six mois.

La moitié d'une année, dans la rue. Avec Adam, on a la chance de ne jamais sentir mauvais, de toujours être propres. Un teinturier qui passait devant nous tous les matins nous a dit un jour qu'il ne gagnait pas assez d'argent pour nous en donner, mais qu'il voulait bien laver nos habits gratuitement. Alors, tous les mardis matin, il prend nos affaires et nous les rend le soir. Quand nos vêtements ont un trou, sa femme le recoud, ou le rapièce. Des fois, on a de la chance, certains de ses clients ne viennent pas récupérer leurs fringues et, passé un certain délai, il nous les donne.

Il y a des gens gentils, en fait.

Dommage que j'aie dû toucher le fond pour les voir, d'en bas.

On a adopté un chien, aussi. Jack, on l'a appelé. Au début, moi, je ne voulais pas trop d'un animal de compagnie. Adam m'a répondu que pour les gens heureux, Jack était un animal, mais que pour nous, ce serait une compagnie.

Depuis qu'on l'a, Adam dit que c'est lui le papa du chien, puisqu'il l'a trouvé, et donc que moi je suis la maman. Il m'énerve avec ça !

Mais c'est pour rigoler, je le sais. Ce qui est bien avec Adam, c'est qu'on rigole tout le temps. Il est drôle comme c'est pas permis. À chaque fois qu'on rencontre quelqu'un, il raconte le soir où il est allé chez ses parents, la tête qu'ils ont faite quand ils l'ont vu, et le tisonnier qui lui a ouvert le crâne. Je l'ai entendue cinquante fois, cette histoire, mais à tous les coups elle me fait rire.

Moi, avec le temps, je vois comme il est, et je deviens rigolo, aussi. Parfois, le soir, quand il y a des places au foyer, on mange avec d'autres gars et je les fais rire avec mes blagues.

Je savais pas faire rire, avant. Pas besoin.

Adam me dit toujours que je suis comme un frère, pour lui. Le frère qu'il n'a jamais eu. Il me répète tout le temps :

« Je laisserai jamais personne t'embêter, tu m'entends ? Si quelqu'un veut te chercher des noises, il aura affaire à moi, tu verras ! »

Le mois dernier, deux types ont voulu me piquer mon sac, au foyer. Adam est allé les voir, leur a dit que ce sac était à moi, son ami, son frère, et que personne n'avait le droit d'y toucher. Ensuite, il leur a mis une grande claque à tous les deux, histoire de bien montrer qui était le patron.

Deux jours à l'hôpital, il a passé. Il était enflé de partout tellement il avait reçu de coups. Dans l'ambulance, il a marmonné :

« Ils l'ont pas pris ton sac, hein ? T'as vu, ils te l'ont pas pris, grâce à moi ! »

Ensuite, il a mis la main dans sa bouche et en a sorti une de ses dents qui l'empêchait de bien parler.

C'est mon ami, Adam.

Il y a longtemps qu'on n'est pas allés aussi loin du centre-ville. Mais ce gars, Victor, nous a juré que c'était un bon plan. Victor, c'est un peu le prince de la rue. On dirait un milord, alors qu'il n'a pas de maison. Quand il a remarqué que nos affaires étaient toutes propres, il nous a conseillé de venir avec lui, en nous disant qu'on allait manger et boire gratis, et qu'on allait bien s'amuser, aussi.

« C'est là, les gars.

— Mais je connais cet endroit ! Ils enregistrent des émissions de télé !

— Ouais. Justement, c'est ça le plan. Allez, tenez-vous bien droits, et recoiffez-vous un peu. Faut qu'on soit nickel, si on veut entrer. »

J'ai participé à une émission, ici. Je ne sais plus de quoi ça parlait. Je sais juste que moi, je n'étais pas entré par ce côté du bâtiment. Ce côté-ci est moche, gris, rien n'est peint. Des gens font la queue, ils doivent être au moins deux cents. On suit Victor et on se mêle à la file.

C'est long.

Enfin, on entre et une fille nous donne un petit carton.

« Ne le perdez pas, c'est votre numéro de place. En attendant qu'on vous appelle, vous pouvez aller boire quelque chose dans la salle d'accueil du public, suivez les flèches.
— Et les sandwichs ?
— À la pause. »

Vivement la pause.

Tout le monde boit et discute dans la salle, quand un gars avec un casque et un micro sur le côté entre en tapant des mains.

« Messieurs dames, l'enregistrement va bientôt commencer. Suivez-moi, et surtout asseyez-vous bien à la place indiquée sur votre carton. Pas la peine de resquiller pour être devant ! »

Quand on arrive dans le studio, des tas de souvenirs me reviennent. Toutes les émissions que j'ai faites, quand j'étais la star, l'invité-vedette.

J'ai la place numéro 12, juste devant, au premier rang. J'ai eu de la chance, Adam est loin derrière, et je ne vois même pas Victor. Je ne sais pas pourquoi, mais il me tarde que ça commence. Être de l'autre côté de la caméra, c'est une première.

Le décor est très joli, il ressemble à un tribunal plein de lumières et de couleurs. Les grands écrans s'allument, et le logo de l'émission apparaît partout :

Les juges, c'est vous !

Un gars avec un drôle de costume mauve arrive en trottinant, prend un micro et s'adresse à nous :

« Bonjour à tous, cher public !

— Bonjouuuuur !

— Je vois que vous êtes en forme ! C'est déjà la quatrième émission et je reconnais certaines têtes parmi vous. Comme mamie, là-bas ! Comment elle va, la mamie ? On n'a pas oublié son dentier comme la semaine dernière ? Parce que ça se voyait, à l'écran ! »

La vieille dame fait *non* de la main, et tout le monde rigole.

« Bon, alors je vous rappelle que vous devez donner votre avis, parce que les critiques, c'est vous ! Les juges, c'est vous !

— Ouiiiii !

— Si vous aimez, criez très fort, applaudissez à vous en brûler les mains. Si vous n'aimez pas, huez, sifflez, levez-vous ! D'accord ?

— Ouiiiii !

— Allez, je vous laisse. Maintenant, accueillez comme il se doit notre présentatrice-vedette : Lucinda Ferrari ! »

Tout le monde se lève d'un coup. La musique commence et Lucinda entre sous les ovations du public.

« Merci chers amis, merci à tous. Bienvenue sur le plateau de votre émission, l'émission qui sait que les seuls à avoir bon goût, c'est vous. Les juges, c'est qui ?

— C'est nouuuuus !

— Et je serai votre procureur ! »

Elle fait un demi-tour rapide en levant un bras, la musique repart, les applaudissements aussi. Lucinda est redevenue celle que j'avais connue. Séduisante, élégante, conquérante.

« Sans plus attendre, accueillons notre premier accusé : Boris Dark !

— Bonjour, Lucinda, bonjour à tous !

— Bonjouuuuur !

— Cher Boris, vous êtes venu nous parler de votre nouveau livre. Veuillez vous placer à la barre.

— J'espère ne pas finir en prison !

— Ah, ah, ah ! Ne craignez rien, Boris ! Comme à chaque émission, trois personnes du public ont été tirées au sort il y a une semaine, et ont lu votre livre. Mesdames, messieurs, je vous demande d'applaudir nos juges ! »

Deux femmes et un homme habillés en juge entrent et s'installent face à l'écrivain, qui reste debout à la barre. Comme dans un vrai tribunal.

« En tant que procureur, je dois vous demander, monsieur Boris Dark, de nous raconter votre version des faits.

— Eh bien, cher tribunal, mon livre raconte l'histoire d'une jeune femme dont l'époux est mort le jour de leur mariage, et qui voit apparaître son fantôme chaque soir, à la même heure. Elle est donc la seule à le voir, et elle continue cette relation avec son défunt mari, jour après jour. Comme s'il était toujours là, à ses côtés. Je n'en raconterai pas plus pour ne pas déflorer l'histoire, mais ce roman parle d'amour par-delà toutes les limites, et de reconstruction de soi.

— Très bien. Je donne maintenant la parole aux juges. Madame le juge numéro 1 ?

— Eh bien, chère Lucinda, euh… j'ai… euh, j'ai bien aimé ce livre. C'est une jolie histoire.

— C'est tout ?

— Euh, oui…

— Madame le juge numéro 2 ? Pouvez-vous nous en dire plus ?

— Moi aussi, j'ai aimé. Ça montre que l'amour est plus fort que la mort, parce que en fait le fantôme va lui faire un bébé et…

— Stop ! Ne racontez pas tout mon livre, quand même !

— Pardon. Donc, j'ai aimé. »

Les juges parlent encore pendant quelques minutes, ils ont tous bien aimé. À la fin, Lucinda leur demande leur verdict : l'écrivain est jugé *innocent*. Il a l'air soulagé, et s'en va, libre, sous les applaudissements.

« Maintenant, chers amis, il est temps de juger la nouvelle chanson de Katy Myni. Avant qu'elle ne chante, nous allons tirer au sort un juge parmi notre public. Attention, je procède au tirage… Le gagnant est le numéro… 12 ! Venez me rejoindre ! »

Ma voisine, en voyant le 12 sur mon carton, me donne un petit coup de coude en me disant : « Vous avez de la chance, vous allez passer à la télé ! » Je me lève, et un assistant m'attache une grande robe noire dans le dos et pose une perruque blanche sur ma tête.

« Monsieur le juge, allez vous installer ! Chers téléspectateurs, n'oubliez pas que vous pouvez, que dis-je, que vous *devez* voter pour donner votre avis. Pour *coupable*, tapez 1 ; pour *innocent*, tapez 2 ; et pour *en sursis*, tapez 3. Et maintenant, faisons entrer Katy Myni qui va nous interpréter sa nouvelle chanson, *La la la* ! »

C'est marrant, j'ai l'impression d'être un vrai juge. La chanteuse est en contrebas par rapport à moi et elle se met à la barre, comme une accusée.

La chanson commence. Je l'écoute attentivement, histoire de ne pas dire de bêtise quand je devrai la juger. Pendant qu'elle chante, elle m'envoie quelques sourires et deux clins d'œil.

Applaudissements.

« Monsieur le juge ?

— Je ne sais pas trop.

— Pourquoi cela ?

— Parce que Katy ne chante pas très bien, enfin, je veux dire, elle ne chante pas mal, mais bon, elle n'a pas une grande voix. En plus, c'est dommage qu'elle ait chanté en play-back ! J'ai bien vu à un moment que ses lèvres ont bougé après sa voix !

— Je fais tous mes concerts en *live*, monsieur le juge, je le jure. Mais aujourd'hui, j'ai une angine. Il m'a donc fallu chanter en play-back.

— Très bien. Et puis, elle danse un peu bizarrement, non ? Je sais pas, on dirait qu'elle fait un strip-tease. Sinon, la chanson est pas mal, surtout quand ça fait "La la la” sur le refrain. Ça reste dans la tête, on a envie de le chanter sous la douche, j’ai l’impression. »

Lucinda prend la parole :

« En tant que procureur, je dois maintenant intervenir et vous demander votre verdict, monsieur le juge.
— J’hésite…
— C’est tout naturel, votre fonction n’est pas aisée !
— C’est vrai. Alors je vais dire… *En sursis* ! »

Je prends le petit marteau et tape sur le socle en bois. Tout le public m’applaudit, Lucinda aussi.

« Eh bien, chère Katy, vos œillades n’auront pas suffi à faire plier notre juge en votre faveur. Il est incorruptible, n’est-ce pas ? Maintenant, voyons les votes des téléspectateurs. Seront-ils d’accord avec notre juge ? »

Sur les écrans, les résultats des votes apparaissent : *coupable* à 1 %, *innocente* à 2 %…

« *En sursis* à 97 % ! C’est la première fois que nous avons une telle unanimité ! Félicitations, monsieur le juge !
— Merci !
— Quant à vous, Katy, le tribunal vous surveillera ! Au moindre écart, vous serez jugée coupable ! »

La jeune chanteuse quitte le plateau la tête basse. Lucinda part en coulisses et le gars en veste mauve prend la parole :

« Trente minutes de pause pour tout le monde ! C'est le moment d'aller manger un petit sandwich. »

Dans la salle de détente, Adam et Victor fendent la foule pour venir me voir.

« T'as été génial ! C'est trop bien ce que t'as dit, je pensais exactement pareil !
— Ah, oui ! Moi aussi, je pensais pareil ! Pile-poil !
— Oui, c'était sympa. Bon, il est où le buffet ? »

Je m'attaque à mon quatrième sandwich quand une jeune fille vient me parler :

« Je suis l'assistante de Lucinda. Mme Ferrari voudrait s'entretenir avec vous quelques minutes.
— Elle veut parler avec moi ?
— Oui. Vous avez de la chance, vous savez, elle ne fait jamais cela, d'habitude. Vous me suivez ? »

Pendant que je la suis de couloir en couloir, je me demande ce que Lucinda va me dire. Peut-être qu'elle m'a reconnu depuis le jour de ma sortie de prison ? Elle va me faire jeter par le service de sécurité ?
L'assistante frappe doucement à la porte de la loge, et la voix de Lucinda nous autorise à entrer :

« Vous voilà, *monsieur le juge* ! »

Elle se lève, tout sourire, et vient me serrer la main. Elle ne m'a pas reconnu, je le vois dans ses yeux. L'assistante avait sans doute raison, je dois avoir de la chance.

« Bonjours Lucinda. Merci de me recevoir.

— C'est moi qui vous remercie. Je voulais vous féliciter pour votre prestation. Ce que vous avez dit était parfait. Cette jeune fille chante toujours en play-back, et elle se dandine pour tenter de faire oublier son absence de talent. Mais, comme vous l'avez dit, la chanson est très efficace, elle fera sans doute un tube. Bravo.

— Merci.

— Si je vous ai demandé de venir, c'est que j'ai aussi été frappée par le fait que votre jugement ait à ce point correspondu au vote du public. C'est intéressant.

— Ah !

— Oui. Très intéressant… »

Lucinda arrête de parler et baisse ses lunettes pour me regarder fixement.

« Votre tête me dit quelque chose, non ? On ne s'est pas déjà vus ?

— Non, je ne crois pas. Et puis, je ressemble un peu à tout le monde, vous savez…

— À tout le monde, dites-vous… Mais oui, c'est ça ! C'est exactement ça !

— Pardon ?

— Vous ressemblez à tout le monde ! Et votre jugement a été celui de tout le monde ! C'est formidable !

— Si vous le dites…

— Je crois que vous ne saisissez pas… Je viens d'avoir un flash, là, à l'instant ! Je vous embauche pour cette émission.

— Pardon ?

— Je veux que vous soyez notre juge permanent. Les autres changeront chaque semaine, mais vous, vous serez toujours là.

— Vous voulez que je fasse de la télé ? Que je juge tout, des livres, des chansons, des films ? Mais je ne saurai pas faire !

— Détrompez-vous. Vous pouvez tout juger.

— Pourquoi moi ? Je ne suis pourtant personne !

— Au contraire. Vous êtes tout le monde. »

« Ce livre, honnêtement, j'ai rien compris. Enfin si, j'ai compris, mais ça ne raconte pas d'histoire. À mon avis, le public ne comprendra rien non plus à l'histoire de cet écrivain qui n'arrive plus à écrire et retourne dans la maison où il a grandi pour trouver l'inspiration.

— Que n'avez-vous pas compris, dans mon livre ?

— Eh bien, d'abord, c'est étonnant mais comme dans le livre de la semaine dernière, il y a une histoire de fantômes, et…

— Je vous coupe, monsieur le juge, il ne s'agit pas du tout d'une histoire de fantômes !

— Mais si ! Vous dites sans arrêt voir les fantômes de votre enfance…

— Il s'agit tout bonnement de souvenirs, voyons !

— Justement ! Ne nous faites pas espérer une histoire de fantômes si c'est pour nous parler, je cite, de "l'odeur de la confiturière de grand-mère" ! Quel intérêt ?

— Pardonnez-moi, monsieur le juge, mais en tant que procureur je dois admettre que ce livre est empli de souvenirs très personnels que l'auteur nous confie avec pudeur, je crois.

— Peut-être, madame le procureur. Mais les souvenirs ne m'intéressent pas. Moi j'aime les histoires, et il n'y en a pas dans ce livre. La preuve, à la fin, on ne sait même pas s'il l'a écrit, finalement, son livre !

— Ne comprenez-vous pas ? Vous l'avez entre les mains, justement !

— Eh bien, il m'en est tombé, des mains !

— Votre verdict, monsieur le juge *?*

— *Coupable.* »

C'est un plaisir de voir cet enregistrement de ma première émission en tant que *monsieur le juge*. Avec mon costume qui a été fait sur mesure, comme la perruque, j'ai vraiment fière allure.

« Alors, Lucinda ?

— Pour une première, c'est très bon, je vous félicite. De toute façon, vous avez bien vu les résultats des sondages qui sont tombés hier : le public vous adore, et adhère totalement à votre avis. Pour preuve, le jeune groupe dont vous avez plébiscité la chanson dans la séquence suivante est déjà numéro un, sept jours après, vous rendez-vous compte ?

— C'est bien. Ça veut dire que je suis un bon juge.

— Vous êtes beaucoup plus que ça, *monsieur le juge*. Surtout, pour l'émission de ce soir, ne changez rien, soyez na-tu-rel !

— D'accord, je vais essayer.

— Ah ! au fait, je vous présente votre assistante personnelle. Voici Elizabeth. »

Hum, elle est mignonne, mon assistante ! C'est étrange de se dire ça, *mon assistante*. J'ai l'impression, en à peine deux semaines, d'être devenu quelqu'un d'important. De la rue à la lumière, comme ça, grâce à Lucinda. Une fois de plus.

« Bonjour, Elizabeth !

— Enchantée, *monsieur le juge*. C'est moi qui vais gérer votre planning dorénavant. J'espère que mon travail vous conviendra.

— J'en suis sûr !

— Nous allons commencer tout de suite, si vous le voulez bien. J'ai ici le contrat que vous propose Lucinda, je vais vous en expliciter les différentes composantes.

— Allons-y, Elizabeth. Explicitez-moi ! »

J'ai un peu de mal à me concentrer. Pendant qu'Elizabeth me parle de chiffres et de clauses, je ne peux pas m'empêcher de regarder ses lèvres bouger. Elles sont un peu humides, et très roses.

C'est drôle, mais si on regarde bien, le bout de son nez bouge un tout petit peu quand elle parle. Surtout quand elle prononce des *o*. Je n'avais jamais vu ça chez quelqu'un.

Elle a l'air timide, Elizabeth.

Je suis un peu plus à l'aise que la semaine dernière, j'ai moins le trac. Quand Bobby, le gars au costume mauve, a annoncé mon entrée au public tout à l'heure, ils ont tous applaudi très fort, en criant :

« Monsieur le juge ! Monsieur le juge ! Monsieur le juge !… »

Alors je me sens bien. Car on m'aime pour moi, pour ce que je suis et ce que je dis. Pas pour mon physique.

Je déclare *innocente* une chanteuse de treize ans très impressionnante, elle a une voix d'adulte, c'est beau.

Ensuite, je déclare *coupable* un comique qui nous a fait un sketch pas drôle où il se moque du président, et encore *coupables* un acteur et un réalisateur qui sont venus parler de leur nouveau film très mauvais, qui se passe uniquement autour d'une table un soir de nouvel an, ça ne fait que manger, boire, parler d'avant et pleurer parce que le frère annonce qu'il a une grave maladie et qu'il va mourir.

Moi, ça me fatigue, ce genre de film.

Les verdicts du public sont les mêmes que les miens.
Je crois que ça sera comme ça chaque fois.

À la pause, Lucinda vient me féliciter, les maquilleuses me font quelques retouches et remettent ma perruque bien droite.

On m'apporte à boire. On s'assure que je n'ai besoin de rien d'autre.

Elizabeth reste à côté du plateau, près d'une caméra. Elle me demande si ça va, de loin. Je lui fais un sourire en hochant la tête.

Le réalisateur annonce que la coupure pub se termine, on entend le compte à rebours dans les haut-parleurs.

Dix, neuf, huit...

Les maquilleuses et les techniciens détalent du plateau comme des lapins.

Sept, six, cinq...

Lucinda souffle très fort trois fois d'affilée, comme une grande sportive.

Quatre, trois, deux...

Bobby fait signe au public d'applaudir.

Un...

Le public applaudit.

Je me tiens bien droit dans mon fauteuil de juge, et je regarde la caméra.

Zéro.

J'adore ma nouvelle vie.

Je n'avais pas vraiment écouté quand Elizabeth m'a expliqué le contrat que j'ai signé, mais j'ai eu de la chance : il est très bon. Un gros salaire, un chauffeur, un appartement.

Le rêve.

Adam a emménagé avec moi, l'appartement est très grand. On a acheté une niche avec un gros coussin, pour que Jack puisse dormir sur du confortable, lui aussi. Les premiers soirs, on a eu du mal à trouver le sommeil avec Adam, comme si on était trop bien, dans nos lits. Il y avait trop de silence, on n'avait plus l'habitude. La première semaine, j'ai dormi la fenêtre ouverte, pour entendre le bruit de la rue.

Ma drôle de berceuse.

Mais tout va bien, maintenant. On s'est habitués.

On grossit à vue d'œil, tous les trois. On mange presque toujours des côtes de bœuf : le bœuf pour nous, les côtes pour Jack.

Le paradis.

J'ai plein d'argent. Je suis content. J'en donne à Adam, qui est très content aussi, mais il râle un peu parce qu'on a de moins en moins le temps de se parler. C'est que je suis très pris, comme juge.

On est redevenus très amis, avec Lucinda. On se voit tous les jours, on travaille, on rigole. Parfois, je me rappelle l'autre Lucinda, celle qui m'avait traité comme un moins-que-rien dans sa limousine. Puis je me rends compte de ce que je vis aujourd'hui, grâce à elle. Tout le monde a le droit à une seconde chance, je parle en connaissance de cause. Alors, j'oublie.

Il faut dire que *Les juges, c'est vous !* est devenue l'émission la plus regardée de la télévision, tout s'est passé très vite, les gens disent que c'est un phénomène de société. Lucinda, elle, répète tout le temps que c'est moi, le phénomène de société. Que dès la première fois que les gens me voient et entendent ce que j'ai à dire, ils hochent la tête de haut en bas, ils sont d'accord.

Tout le monde est d'accord avec moi, toujours.

Elle dit que grâce à mon physique, les beaux ne se sentent pas en danger et donc m'aiment, et que les autres m'apprécient parce que je suis leur quintessence. J'ai cherché dans le dictionnaire, *quintessence*, pour être sûr. C'est un compliment.

Le plus formidable de tout, je crois, c'est que je suis anonyme quand je sors dans la rue. Sans mon costume de juge, personne ne me reconnaît. Je deviens banal au meilleur sens du terme. Tranquille, en fait. Je peux vagabonder, me promener, parler aux gens, parfois.

Parce que ça s'apprend, en fait, de parler aux gens. Je n'avais pas compris, avant la prison et la rue, comment leur parler, à quel moment on peut le faire… Tout ça, maintenant, je sais.

Quand je suis *monsieur le juge*, on me connaît, on m'aime, on me respecte. Et quand j'en ai assez, quand je veux être normal, je me change. J'ai deux vies, finalement. Et mes deux vies sont parfaites.

Superman avait ses lunettes, moi, j'ai ma perruque. Je suis un peu un superhéros, en fin de compte.

Même les techniciens et les assistants ont du mal à me reconnaître, en *normal*. Les seules personnes qui me remettent chaque fois, c'est Adam, Jack, Lucinda, et Elizabeth évidemment.

Elle est toujours aussi mignonne, Elizabeth. J'ai de la chance de l'avoir, parce que en plus d'être jolie et gentille, elle s'occupe de tout pour moi. Elle me téléphone, elle me dit : « *Monsieur le juge,* à telle heure il faut faire ceci et cela », et moi, à telle heure, je fais ceci et cela. Elle est géniale, grâce à elle, je n'ai rien d'autre à faire que d'enfiler mon costume. Et encore, elle m'aide pour le fermer, dans le dos.

Je connais des choses sur elle, à force. Elle a vingt-neuf ans, elle adore son boulot, elle est fille unique, elle aime la télévision, le rock et la salade. Sans vinaigrette, parce que ça sert à rien de manger de la salade pour rester mince si c'est pour mettre de la vinaigrette qui fait grossir, dedans.

Elizabeth, elle est toujours gentille. On dirait qu'elle est timide, mais en fait pas vraiment. Au début je croyais qu'elle ne m'aimait pas trop, parce qu'elle ne disait pas grand-chose, à part sur le travail. Mais on est tellement souvent ensemble, qu'à force on a nos petites habitudes.

Par exemple, le matin quand la limousine vient me récupérer en bas de chez moi, Elizabeth est déjà dedans et elle me tend un café tout chaud. Je la remercie, je bois mon café et elle le sien, parce qu'elle m'attend toujours pour le boire, et puis elle me demande si j'ai bien dormi. Je lui dis que oui, parce que je dors bien, c'est vrai, et après c'est marrant parce qu'elle me raconte ses rêves.

Elizabeth, elle fait un rêve par nuit. C'est comme ça depuis qu'elle est toute petite. Les matins que je préfère, c'est quand je suis dans un des rêves qu'elle me raconte. Ça me fait toujours plaisir, parce que souvent, dans ses rêves, on se tient par la main, comme si on était un couple d'amoureux. C'est beau, je trouve. Sauf une fois où un requin m'a coupé en deux et a mangé mes jambes, mais ça compte pas vraiment, parce qu'elle avait eu des problèmes de digestion.

Les autres moments que je préfère avec Elizabeth, c'est quand je la fais rire. Ça, quand elle rit de mes bêtises, c'est formidable. Chaque fois, elle se penche vers moi, colle son épaule à la mienne et me donne un petit coup de coude. Souvent, elle me dit d'arrêter parce qu'elle a mal au ventre, ou à la mâchoire. Et puis, quand elle a fini de rire, elle pose sa main sur ma joue, elle me sourit et fait glisser ses doigts jusqu'à mon menton. Alors elle me regarde tendrement, la tête un peu penchée sur le côté, ses yeux dans le vague des miens. Ça lui arrive souvent, mais, chaque fois, d'un coup, ses yeux redeviennent normaux, comme si elle se rappelait quelque chose, et elle se met à parler boulot, très vite et sans s'arrêter. C'est dommage.

Je l'aime bien, Elizabeth. En fait, je l'aime plus que ça. Pour dire la vérité, je l'aime bien, mais sans le *bien*, à la fin.

Quand j'aurai le courage, on sera ensemble, elle et moi. Et ce jour-là, tout sera parfait. Parce que côté boulot, l'émission cartonne. Elle est diffusée partout dans le monde, maintenant, Lucinda dit que c'est « l'émission culturelle mondiale de référence ». Ça fait plaisir. Ce qui est étonnant, c'est que les gens votent sur tous les continents, dans tous les pays, et j'ai toujours exactement le même goût que le public. Quand je dis *innocent*, c'est un succès. Quand je dis *coupable*, un flop. C'est comme ça.

Je suis *monsieur le juge*.
Je suis tout le monde.
Je suis une star.

Lucinda a eu l'idée de faire fabriquer une petite poupée de moi en juge. Elle est marrante, cette poupée. On appuie sur un bouton dans le dos et elle dit *innocent*, *en sursis* ou *coupable*, au hasard. J'en ai rapporté une à la maison, mais Jack s'est amusé avec et il a arraché la tête.

On en a vendu plein.

Depuis quelque temps, dans les magazines ou dans les journaux, il y a de plus en plus d'articles sur moi. J'ai commencé un nouveau cahier, où je colle les articles. La plupart du temps ils sont gentils, ils sont titrés « *Monsieur le juge* a toujours raison », ou bien « *Monsieur le juge* ou le goût universel ». Parfois, il y en a des méchants, aussi :

« Ce *monsieur le juge*, sobriquet ridicule pour un homme affublé d'un costume qui l'est tout autant, s'autoproclame vecteur de la *vox populi*. Mais que véhicule-t-il, au final ?

« Du rien. Du banal, du vide. Des avis bas de gamme pour un public bas de gamme. Est-ce cela le rôle des médias ? En sommes-nous réellement réduits à *ça* ?

« J'ai appris hier qu'une nouvelle émission, sobrement et modestement intitulée *Monsieur le juge*, allait lui être consacrée. Elle sera diffusée partout dans le monde. En connaissez-vous le principe ?

« Ce quidam ne se contentera plus de juger livres et chansons, mais tout. Il va se déplacer aux quatre coins du globe et juger tout ce qui lui chante. Il pourra décider que le plus beau Picasso n'égale pas un dessin d'enfant ; que le Taj Mahal ne vaut pas une roupie. Ce sansonnet qui se voudrait rossignol va devenir le laudateur du Tout.

« Et, comme il se doit, le monde entier sera d'accord avec lui. Comme une évidence.

« Ce n'est même plus pathétique. Cela en devient effrayant.

« Vous arguerez que je démolis ce *Monsieur le juge* car il réduit mes avis de critique "établi" à la portion congrue. Vous aurez sans doute raison, puisque la plus virulente de mes diatribes se voit balayée par le moindre de ses verdicts d'innocence, couronnant systématiquement l'œuvre visée d'un succès vertigineux.

« Pourtant, tout cela me fait peur. Au départ, il était de l'avis de tout le monde. Ce que vous ne voyez pas aujourd'hui, c'est que tout le monde *est* de son avis.

« Quand l'avis d'un seul devient l'avis de tous, cela ne vous rappelle rien ?…

« Avant qu'on me renvoie pour cause de l'inutilité qui sera devenue mienne, je veux dire "Non".

« Je dis "Non" au chantre du moyen.

« Je dis "Non" à la *moyennitude*. »

Elizabeth a déménagé, elle habite dans mon immeuble, maintenant. C'est plus pratique pour elle, vu qu'elle est tout le temps avec moi, pour le boulot.

Moi, je suis content parce que quand avant elle partait à dix heures et demie, disons, pour être chez elle à onze heures, eh bien, maintenant, elle s'en va à onze heures, vu qu'elle n'a qu'un étage à descendre.

Ça me fait une demi-heure d'Elizabeth en plus, tous les jours. J'ai calculé, ça fait trois heures par semaine, douze heures par mois.

Parce qu'on ne travaille pas, le dimanche.

Je l'ai embrassée, la semaine dernière.

Sur la bouche, je veux dire. J'en avais envie depuis tellement longtemps, je sais pas, ça m'a donné du courage toutes les fois où je me suis dit : « Ce soir, c'est sûr, je le fais. » Chaque fois, je l'embrassais presque. Mais là, tous les *presque* ont dû remplir le réservoir des *presque* et ça a débordé.

Je l'ai fait sans m'en rendre compte, sans calculer, sans me dire : « Bon, quand l'aiguille des minutes bouge, tu l'embrasses », ni : « Si elle ajoute un glaçon dans son verre, tu l'embrasses. »

L'aiguille des minutes a bougé chaque fois, elle a ajouté des dizaines de glaçons, vu qu'elle le fait tout le temps, mais je l'avais jamais embrassée, avant.

Et là, boum. Embrassée.

Quand j'ai posé mes lèvres sur les siennes, on aurait dit un tour de magie, à l'intérieur de moi. Y avait des colombes qui s'envolaient partout.

Quand j'ai senti qu'elle m'embrassait, elle aussi, qu'elle a ouvert un peu la bouche et a passé sa main dans mes cheveux, c'est comme si les colombes nous regardaient et qu'elles se retenaient de roucouler pour pas nous déranger.

Je nageais dans le bonheur.

Pendant une nuit. Parce que, le lendemain matin, elle m'a dit qu'elle voulait qu'on parle. J'ai bien compris que quelque chose n'allait pas.

« Je t'aime, Elizabeth.

— Je t'aime beaucoup aussi, mais…

— Mais quoi ?

— On ne peut pas être ensemble.

— Pourquoi ? Qu'est-ce qui ne va pas chez moi ?

— Rien ! Tu es gentil, attentionné, on rit tout le temps, et puis on passe toutes nos journées tous les deux…

— Justement ! Où est le problème ?

— J'en aime un autre.

— Un autre ? Mais je ne t'ai jamais vue avec un autre !

— Je sais, oui. Mais c'est comme ça. Il y a quelqu'un d'autre. Je suis désolée. »

D'abord, j'ai pleuré. Je me suis senti mal, vraiment. Ensuite, je me suis demandé qui était ce type, et puis je me suis dit que, peut-être, ils vivaient ensemble. Parce qu'à bien y réfléchir, Elizabeth vient toujours chez moi, mais elle ne m'a jamais invité chez elle, jamais !

J'ai demandé à Adam d'espionner un peu, devant l'appartement d'Elizabeth, pour savoir si un gars habitait là, entrait, sortait ou faisait juste du bruit, des fois.

Pour l'instant, il est bredouille. En tout cas, j'ai pris ma décision. Il faut que j'aille chez elle, dans son appartement, pour en avoir le cœur net.

L'émission *Monsieur le juge*, c'est aujourd'hui qu'on la tourne. On est, pour la première séquence, en visite dans un musée. Lucinda veut que l'émission ait un côté plus culturel, *pédagogique* comme elle dit, donc une guide va me présenter les œuvres avant que je les juge.

C'est bien, comme idée. Mais quand même, c'est moi qui décide, à la fin.

« *Monsieur le juge*, voici une des pièces maîtresses de notre musée. Je vous laisse l'admirer quelques instants, afin que vous puissiez vous en imprégner. »

Non, mais c'est une blague ! Le tableau est tout blanc, y a rien dessus ! À quoi ils jouent, là ? Je me demande si Lucinda est dans le coup, c'est peut-être une caméra cachée. Je vais attendre un peu et ne rien dire…

« Cette toile s'appelle *Carré blanc sur fond blanc*. Elle a été réalisée par Kazimir Malevitch, artiste…

— C'est tout blanc.

— Oui, évidemment. C'est le tout premier monochrome.

— Monochrome ? C'est même pas peint !

— Détrompez-vous, *monsieur le juge*, si vous regardez bien, vous verrez que le carré n'est pas du même blanc que le fond. L'artiste a utilisé deux blancs d'origines différentes, un blanc français pour le carré, et un russe pour le fond. Cela lui a permis d'obtenir ces textures dissemblables, et...

— D'accord, mais c'est tout blanc ! C'est pas ça la peinture, enfin !

— Cela n'est pas de la peinture *classique*, je vous l'accorde. Mais c'est le message qui est important, cette énigmatique quête spirituelle de l'infini qui...

— Qui est infiniment nulle !

— Pardon ?

— Oui, c'est nul. Je vous en fais cent par jour, des monochromes.

— Oui, bien sûr, monsieur le juge. Simplement, Malevitch a été le premier à le faire. C'est là qu'est tout son génie.

— *Coupable.*

— Vous devriez...

— *Coupable*. Passons à la suite. »

La guide a l'air toute retournée. C'est vrai, quoi, présenter ce truc au public, il faut pas exagérer ! Que ce Malevitch ait inventé le monochrome, je veux bien, moi, mais l'art c'est pas ça, à mon avis.

« Bien, je vois que vos goûts, monsieur le juge, n'adhèrent pas à ce genre de courant pictural un brin audacieux. Je vais donc vous présenter une œuvre plus ancienne, d'aucuns diraient *classique*, qui saura j'en suis sûre régaler vos yeux profanes. Voici une œuvre du peintre Carracci, vieille de plusieurs siècles. »

Pendant qu'elle continue son explication, je me dis que oui, cette toile me plaît beaucoup plus que la première. Je suis tenté par un *innocent* spontané, mais je l'entends dire :

« Nous voyons Apollon, incarnation de la beauté, couronner Pasqualini, qui était…

— C'est l'incarnation de la beauté, lui ?

— En effet. Je vois que vous êtes intéressé, et vous avez raison ! Regardez la façon dont le peintre a sublimé Apollon, comme une oasis de pureté dans un tel décor de souffrance, cette beauté parfaite qui…

— Je vous coupe : je n'aime pas la beauté.

— Vous n'aimez pas la…

— Non, pas du tout. Apollon est beau, mais il n'est rien d'autre. La beauté, ça n'apporte rien de bon. C'est surfait.

— Votre point de vue est intéressant, la beauté dans l'art est en effet sujette depuis des lustres à des débats enflammés.

— Que ce soit dans l'art ou dans autre chose, c'est pareil. La beauté, c'est démodé, ça n'intéresse plus les gens.

— Mais alors, *monsieur le juge*, qu'est-ce qui intéresse les gens ? »

Pendant une seconde, je ne sais pas quoi répondre. Et puis, comme un flash, je pense à l'article du critique qui m'avait démoli.

« Ce qui intéresse les gens, mademoiselle, c'est ce qui est banal, moyen.

— Vous croyez ?

— J'en suis certain, demandez-leur, si vous voulez. Ce que les gens aiment, c'est la *moyennitude*. »

Je ne savais pas qu'en disant ces mots, tout allait changer comme ça.

Ma phrase a été reprise dans tous les médias. Tout le monde n'a parlé que de ça, la *moyennitude*. Surtout le critique qui avait inventé le mot ! Dans un de ses derniers articles, il « en revendique la paternité ». Il sait pas ce qu'il veut, celui-là.

Lucinda a fait une émission spéciale sur la *moyennitude*, il y avait plein d'invités, des journalistes, des politiques, des sociologues, des psychologues, des artistes… Et moi, bien sûr.

L'émission a fait un carton.

La plupart des invités étaient d'accord avec moi, ils avaient l'air excité et criaient « Halte à la dictature de la beauté », « Non au fascisme de l'esthétique et de l'exceptionnel », « Pour un droit universel à la *moyennitude* » !

Moi, j'étais content. Même si j'étais étonné que tous ces gens s'énervent autant.

À un moment, une journaliste a dit :

« Vos arguments à tous sont recevables, mais tout de même, souvenez-vous de *l'Homme le plus beau du monde*. De l'effet qu'il nous faisait. Qu'en pensez-vous, *monsieur le juge* ? Le trouviez-vous, lui aussi, *surfait*, pour employer votre expression ?

— J'en pense que rien ni personne n'était plus surfait que cet *Homme le plus beau du monde*. Il a fait le paon devant le monde entier, a ramassé des milliards, et puis il s'est envolé, comme ça, du jour au lendemain. Je vous le dis, moi, *l'Homme le plus beau du monde*, c'était une belle arnaque.

— Je ne sais pas… Voyez-vous, il nous a tellement fait rêver !

— Voilà, il nous a vendu du rêve. Et nous avons payé très cher, tous. Mais qu'avons-nous gagné, au final ? Rien du tout ! La beauté, le rêve, tout ça c'est fini, *has been*. Ce qui est important, maintenant, c'est la *moyennitude*. C'est ça que les gens aiment. C'est ça que les gens veulent. »

Le sondage de fin a été une victoire totale : 98 % ont voté pour la *moyennitude*, 2 % pour la beauté. Lucinda pense que dans ces 2 %, il y avait les quelques beaux, plus tous ceux qui croient l'être.

Depuis cette émission, les choses ne sont plus les mêmes. J'ai rempli de nouveaux cahiers, plein de cahiers. Je n'ai même pas le temps de lire tous les articles, Elizabeth fait le tri pour moi. Les gros titres des journaux disent : « *Monsieur le juge* enlaidit la beauté », « Être beau ? C'est ringard ! », ou encore « Être moyen par tous les moyens ».

Mon préféré, c'est « La révolution par le milieu ». Quand j'étais dans la rue, j'étais le gars le moins révolutionnaire du monde. La seule chose que je voulais changer, c'était ma misère. Maintenant que je vis dans le luxe, on dit que je suis révolutionnaire. Dans la suite de l'article, il m'appelle même *l'empereur du milieu*.

Eh ben.

Ce qui m'a fait le plus plaisir, c'est qu'en quelques mois, les gens moyens ont pris confiance en eux. Ils sont devenus importants, séduisants. J'entends, dans la rue, les femmes dire : « Quand je pense qu'il bosse avec moi depuis tout ce temps, je n'avais même pas remarqué à quel point il était moyen ! Que je suis bête ! Et maintenant, c'est trop tard, il est avec cette petite de la compta. Elle lui a mis le grappin dessus, tu penses, mademoiselle a usé de toute sa banalité ! », ou : « Mon mari, il me désespère, à force. Il n'a pas voulu arrêter le sport, et quand on sort il reste à côté de moi, avec ses muscles, sa coiffure impeccable et ses costumes de marque. J'en ai presque honte, je te jure… »

On confie des premiers rôles à des acteurs au physique moyen ; les très beaux jouent souvent les méchants, maintenant.

Dans les musées, presque tous les tableaux et sculptures ont été changés. Les soi-disant chefs-d'œuvre, au placard. Sauf *La Joconde*, parce qu'elle est vraiment très moyenne, en fait.

On découvre des peintres que les critiques jugent « sublimissimement moyens », on les expose, ils deviennent riches, célèbres.

C'est bien.

Et puis, c'est amusant.

J'ai tout tenté pour aller dans l'appartement d'Elizabeth. Ça a duré des semaines. Tous les prétextes étaient bons : Adam avait ramené une fille, on n'avait plus d'électricité, ça sentait le gaz…

Mais non. Elle trouvait toujours un moyen de ne pas me faire entrer, une autre solution, un meilleur endroit où aller, plus confortable, elle disait.

Après, je suis allé frapper chez elle, plusieurs fois. Quand elle ouvrait, je lui demandais du sel, ou un œuf. Je tendais le cou pour voir à l'intérieur, mais elle entrouvrait à peine la porte et se mettait sur la pointe des pieds, et, vu que je suis de taille moyenne, je ne voyais pas, elle cachait tout avec ses grands cheveux. Ensuite, elle me disait : « Ne bouge pas, je t'apporte ça », elle refermait, je l'entendais trotter, le bruit de ses pas s'éloignait, revenait, puis elle ouvrait juste assez pour faufiler le sel ou l'œuf, et voilà.

Je remontais tout énervé.

Il y a une heure, je suis allé frapper, encore. Quand elle a ouvert, je lui ai dit :

« Je veux entrer.

— Pourquoi ?
— Je veux voir comment c'est, chez toi.
— Non.
— Pourquoi non ?
— Parce que je ne veux pas que tu entres.
— Elizabeth, s'il te plaît.
— N'insiste pas.
— Quoi, c'est ce type ?
— Oui.
— Il est là ?
— Oui, il est là. Je suis désolée. »

J'étais dégoûté.

Alors j'ai demandé à Adam de passer tout le temps qu'il faudrait devant chez elle pour apercevoir ce gars. Il m'a dit oui, sans problème, qu'en plus il avait rien à faire de la journée, et qu'il prendrait Jack avec lui, pour les odeurs, au cas où.

C'est un vrai ami, Adam.

En attendant, je sors me promener, parce que j'ai envie de prendre l'air, de voir des gens, un peu. J'aime bien rôder, le dimanche.

C'est drôle, comme la rue change, quand on n'y vit plus. Avant, lorsque je marchais dans la rue, les deux premières choses que je regardais, c'étaient les entrées d'immeubles et les poubelles. Pour voir si je pouvais dormir grâce aux premières, si elles étaient bien vides, et manger grâce aux secondes, si elles étaient bien pleines.

Maintenant, dans la rue, je regarde si c'est moyen ou pas. Réflexe professionnel. J'examine tout, les maisons, les voitures, les fontaines, les vitrines. J'ai un petit carnet sur lequel je note mes avis, ça me donne des idées pour les prochaines émissions. C'est ça qui est un peu fatigant : il faut toujours trouver de nouvelles choses à dire. Les gens adorent tellement *Monsieur le juge*, il est devenu si important pour eux…

Je ne sais pas ce qu'il se passe, mais je sens quelque chose d'étrange. Autour de moi, quelque chose n'est pas normal. Il fait beau pourtant, la rue est agréable… Alors quoi ?

Je m'arrête, et j'observe les gens. Je regarde les hommes, les femmes, les enfants. Je les regarde longtemps, chacun, tous ceux qui passent.

Je sais ce qui ne va pas.

Ils ne me regardent pas comme d'habitude. Ou plutôt, ils me regardent, pas comme d'habitude. Les gens me regardent. Ils me voient.

Je m'approche d'une vitrine, et j'observe mon reflet, pour voir si je n'ai pas quelque chose de bizarre sur le visage.

Non. Tout va bien. Je suis normal.

Alors pourquoi ils me regardent ?

Je tourne la tête et deux femmes s'approchent de moi, en me fixant. Elles se parlent doucement. La blonde tire son amie par la manche, et je l'entends lui dire :

« Viens, on va lui parler. »

L'amie hésite, elle la retient et lui parle à l'oreille en souriant.

Qu'est-ce qu'elles veulent me dire ? Ah, je sais ! Elles m'ont reconnu ! Peut-être que je ne suis pas si banal après tout, à force de voir mon visage partout elles auront retenu les traits sous la perruque ? J'espère que ce n'est pas ça, sinon ma tranquillité est finie. Ça serait vraiment dommage…

« Bonjour, monsieur.

— Bonjour.

— On espère ne pas vous déranger, mais on avait quelque chose à vous dire.

— Oui ?

— Vous êtes moyen, c'est incroyable !

— Quoi ?

— Oui, on n'a jamais vu quelqu'un d'aussi moyen que vous.

— Merci. C'est très gentil.

— On peut vous inviter chez nous ?

— Euh, pour quoi faire ?

— Pour se connaître ! Et puis, faire l'amour peut-être, enfin, si vous voulez. Tous les trois.

— Vous voulez faire l'amour avec moi ? Mais pourquoi ?

— Regardez-vous ! Vous êtes tellement moyen, c'est normal qu'on ait envie de vous.

— Non, merci. Je ne veux pas. »

Elles ont l'air déçues, mais la blonde dit à sa copine :

« Tu vois, je te l'avais dit. Il doit avoir toutes les femmes à ses pieds, ça servait à rien. »

Toutes les femmes à mes pieds. Celle-là, c'est la meilleure ! Dans mon ancienne vie, j'ai eu toutes les femmes à mes pieds. Et c'était pas si formidable, finalement, la preuve, j'ai voulu changer. Alors je n'ai pas envie que ça recommence !

Pourtant, en rentrant, j'ai bien remarqué que les femmes me regardaient. Il y en a, même, qui se sont retournées sur mon passage. Je suis flatté, c'est sûr. Mais je ne crois pas être content.

Moi, celle que je veux, c'est Elizabeth. Les autres, je m'en fiche.

« Ah, Adam, je t'attendais, t'étais où ?

— Ben, dans le couloir, devant chez Elizabeth. J'étais tellement bien caché que tu m'as pas vu, quand t'es remonté, tout à l'heure. Je crois que je ferais un super agent secret, non ?

— C'est sûr ! Et alors, t'as vu quelque chose ?

— Ben, c'est le problème…

— Quoi ?

— Elle vient de sortir, là.

— Et alors ?

— Et alors, au moment de refermer la porte, elle lui a dit “à tout à l'heure”.

— À qui ?

— J'en sais rien, je voyais pas l'intérieur de son appart.

— C'était peut-être un chien, ou un chat !

— Je sais que t'aimerais bien, mais…

— Mais quoi ? Allez !

— Elle a posé un baiser sur sa main, et elle lui a envoyé, en soufflant dessus.

— Ah !

— Oui. Et après, elle lui a dit “je t’aime”, et elle a fermé la porte.
— Ah !… »

C’était bien ça. Il vit chez elle. Ce mec vit chez elle, comme un fiancé, ou un mari.
Et moi, eh bien…

Tant pis pour moi.

Monsieur le juge vient d'être élu *personnalité préférée des gens du monde entier*. Je suis arrivé en tête dans tous les pays, sans exception.

Ça fait plaisir.

Des tas de livres sortent sur moi, et Lucinda fait plein de procès parce que *Monsieur le juge* est une marque déposée.

Par elle.

Depuis un moment, elle insiste pour que j'écrive mon autobiographie, elle pense qu'on pourrait en vendre plusieurs dizaines de millions. Je voudrais bien raconter ma vie, mais personne ne croirait à ma transformation, alors, à quoi bon ? J'ai donc dit à Lucinda qu'il ne s'était jamais rien passé dans ma vie, et elle m'a répondu que le rien, c'était du banal, du moyen, que les gens allaient adorer. Elle a engagé un écrivain célèbre pour ses romans où il ne se passe jamais rien, au moins il n'aura pas trop à se forcer pour que ça ressemble à ma supposée vie. C'est pas ce qui manque, elle m'a dit, ce genre d'écrivains. Je toucherai la moitié des recettes. Ça me va.

Comme je ne sais plus comment dépenser mon argent, j'ai embauché Adam en tant qu'assistant, même s'il ne travaille pas vraiment. Ce qu'il aime bien, lui, c'est passer ses journées à manger, à regarder la télé et à jouer avec Jack. Quand je lui ai dit combien j'allais le payer pour continuer à faire ça, il a pleuré. C'est vrai que c'est énorme, comme salaire, mais c'est à peine un dixième de ce que je gagne, sans compter les droits dérivés, alors bon.

Et puis avec tous ces sous, il pourra se faire mettre les dents qui lui manquent, sur le devant, et ramener des filles pour de vrai, sans que je les paye.

Mais ça, c'est un secret.

Je lui ai dit qu'il pourrait s'acheter une maison s'il voulait, mais lui, il préfère rester ici, avec Jack et moi.

J'espérais qu'il répondrait ça. On est bien tous les trois. On n'a besoin de rien d'autre.

Enfin, moi, j'ai besoin d'Elizabeth. Mais elle est avec *l'autre*.

C'est comme ça.

On ne parle plus que de *Monsieur le juge*, partout. Je n'aurais jamais cru que ça allait prendre des proportions pareilles. Des artistes ou des grands patrons me proposent des fortunes pour dire du bien de leurs produits pendant l'émission, même juste une seconde, dire une fois : « J'ai goûté ce pudding, il est d'une banalité incroyable » ou : « J'ai vu ce film, c'est tellement moyen ! » Je refuse, toujours. C'est de la corruption, je le sais, c'est pas moral.

Et puis j'ai déjà tellement d'argent…

Ça, encore, c'est pas grave, en revanche, ce qu'on entend aux informations commence à me faire peur.

Les choses qui arrivent aux gens beaux.

Il paraît qu'ils ne trouvent plus de travail. Qu'ils sont rejetés, qu'on leur refuse l'entrée de certains restaurants ou discothèques. Des fois, c'est pire. J'ai vu le témoignage d'un beau à la télé, il était sur son lit d'hôpital, plein de bleus et de bandages.

« Je crois que c'était une famille, ils sortaient d'un restaurant. Ils avaient l'air normaux, pas des voyous ni rien, juste des jeunes et des moins jeunes, hommes et femmes. Ces gens m'ont entouré et ont commencé à me dire que je faisais moins mon *beau*, maintenant. Que je n'étais plus supérieur à eux, que je ne gagnais plus mon argent uniquement grâce à mon capital génétique. Ils ont dit que nous, les beaux, on en avait bien profité, mais que grâce à *Monsieur le juge*, c'était bel et bien fini, tout ça. Ensuite, ils ont commencé à délirer sur le fait qu'on ne se recrutait qu'entre nous, qu'avant, à la télé ou dans le show-biz, si on n'était pas beau c'était même pas la peine d'essayer, qu'on avait tout verrouillé. Moi, je livre des pizzas. Et puis un des hommes m'a envoyé une grande claque, et une femme a crié : "Allez, venez, on va l'aider à devenir comme nous, on va lui casser sa belle gueule !", et là ils m'ont tous frappé, surtout au visage. Je me suis roulé en boule au sol, en attendant que ça passe, mais je sentais mon nez et mes pommettes se briser sous les coups. Au bout d'un moment interminable, ça s'est arrêté. J'ai relevé la tête, prudemment, et un des enfants, il devait avoir quatre ou cinq ans, s'est approché de moi et m'a envoyé un dernier coup de pied sur la joue en me disant : "Tiens, sale beau !", sous les encouragements des adultes. Il n'a pas tapé fort, avec ses toutes petites chaussures, mais c'est ce coup-là qui m'a fait le plus mal. »

Ça m'inquiète, ce qui arrive. Je n'ai jamais dit aux gens que ce qui était beau était mauvais, je ne veux de mal à personne. J'en voulais juste à *l'Homme le plus beau du monde,* à la vie que j'ai menée quand j'étais lui. Je crois que les gens confondent tout.

Si j'étais encore *l'Homme le plus beau du monde*, j'aurais peur. J'aurais dû me cacher, je crois. Je le faisais déjà, c'est pour ça que j'en avais assez, mais se cacher parce qu'on vous aime trop, c'est une chose. Se cacher parce qu'on vous déteste, qu'on vous veut du mal, c'en est une autre.

Moi, je ne veux ni qu'on m'aime trop ni qu'on me haïsse. Je veux juste qu'on me laisse tranquille, ou peut-être qu'on m'aime bien.

Vivre ma vie, quoi.

Si c'est pas trop demander.

On est sortis promener Jack, avec Adam, et au bout d'à peine dix mètres une femme est venue me voir. Elle voulait un rendez-vous avec moi, qu'on aille boire un verre dans un café et ensuite chez elle, puis très vite elle a changé d'avis et elle a voulu qu'on aille directement chez elle. Moi, j'ai dit non, merci, je ne suis pas intéressé, alors elle a insisté, insisté. Adam a dit qu'il voulait bien, lui, mais elle a essayé de m'embrasser. J'ai dû la repousser et elle a pleuré, en se plaignant que la vie était injuste, qu'elle n'était pas assez moyenne pour moi, alors qu'elle avait dépensé un mois de salaire en cours de *moyennitude* et relooking *banal*.

Même pas une minute après, ce sont trois autres femmes qui sont venues me voir, elles m'ont dit que j'étais la perfection de la *moyennitude*. La première voulait être la femme de ma vie, la deuxième m'a demandé en mariage, et la troisième m'a promis qu'avec elle j'aurais les enfants les plus moyens dont on puisse rêver. Alors, la première lui a dit que c'était n'importe quoi, que pas plus tard qu'il y a deux mois elle était encore belle, l'autre lui a répondu qu'elle, au moins, elle s'était pas fait refaire son nez d'origine pour être moins jolie, résultat, elles se sont battues, et Adam s'est mis au milieu pour essayer de les séparer.

Il est ressorti tout griffé, Adam.

Le pire, c'est que ces hystériques ont rameuté un monde pas possible tellement elles criaient, et plein de gens ont commencé à me trouver terriblement moyen, et à me harceler.

Tout ça m'a rappelé trop de choses. Trop de mauvaises choses.

Je suis parti en courant, avec Jack qui me suivait en remuant la queue, tout content de faire un peu d'exercice, pour une fois.

Adam, lui, il nous a pas suivis, il est resté parler avec les gens. Je me suis demandé pourquoi. Au bout d'une demi-heure, il est rentré avec tout un tas de cartes de visite et de numéros de téléphone, au cas où, il a précisé, et que si j'en voulais pas il pourrait peut-être les garder, ça pouvait toujours servir. Si j'étais d'accord.

Je lui ai demandé si des gens l'avaient suivi, il a répondu que non. En principe, non.

J'ai eu peur que des personnes l'aient pisté, qu'elles sachent où j'habite. Pour la première fois depuis l'histoire du bar, je me suis remis à penser comme *l'Homme le plus beau du monde*. À avoir peur des gens.

Je crois que j'ai fait une erreur.

J'ai peur que *Monsieur le juge* m'ait condamné. Qu'il ait tué mon rêve de tranquillité.

C'est de pire en pire.

Aux infos mondiales, j'ai vu dans je ne sais plus quel pays une bande de gars hystériques dans la rue, qui brûlaient des photos de *l'Homme le plus beau du monde* en tirant des coups de mitraillette vers le ciel.

Des photos de l'ancien moi, d'accord, mais des photos de moi quand même. Ça m'a glacé le sang, j'ai eu mal au ventre, aussi.

L'un d'entre eux parlait, et j'ai lu dans les sous-titres que d'après lui, Dieu avait fait l'homme à son image et que les beaux n'étaient pas à l'image de Dieu, et qu'il fallait s'en débarrasser.

Qu'est-ce que ça veut dire, « s'en débarrasser » ?

À la fin du reportage, un copain énervé de ce gars a dit que leur président actuel était beau, et les autres ont tous eu l'air de se dire que oui, finalement, il était un peu trop beau celui-là, alors ils ont brûlé des photos de lui, en tirant encore plus de coups de mitraillette en l'air.

Après, un bandeau en dessous de l'image a annoncé « Tentative de coup d'État au palais présidentiel ».

Un peu partout, les beaux se font agresser, de plus en plus violemment, ils sont obligés de rester enfermés chez eux, ou de sortir cachés. Il y a des meurtres, aussi.

Les journaux appellent ça *la chasse aux anges*.

La police est sur les dents, des numéros d'appel d'urgence pour les beaux ont été mis en place, certains gouvernements ont même fait voter en urgence des lois spécifiques, avec des sanctions judiciaires aggravées en cas d'agression sur un beau.

Dans les pays les plus hostiles, les beaux s'enfuient et passent les frontières pour se retrouver parqués dans de petits camps de réfugiés. On les voit arriver, tout maigres et sales, et ils pleurent devant la caméra.

Je ne sors plus beaucoup. Ou alors, avec une casquette et de grosses lunettes, et encore, quand vraiment je suis obligé, parce qu'il faut bien enregistrer les émissions.

Le reste du temps, je suis devant la télé, avec Adam et Jack. Adam est content qu'on soit aussi souvent ensemble qu'avant, et c'est vrai que c'est bien. On a appris à Jack à se tenir debout sur ses pattes arrière quand il veut un sucre.

Elizabeth monte nous voir, presque tous les jours. Même le dimanche. Elle dit qu'elle s'ennuie, quand elle n'est pas avec moi. Je lui demande si son mec est pas jaloux, elle répond que non, qu'il dit jamais rien. Moi, je suis bien content qu'il dise rien, parce que je suis toujours amoureux d'elle, même si je sais que c'est fichu, entre nous.

Maintenant, c'est bizarre, je rêve aussi, toutes les nuits. Je rêve d'Elizabeth et moi, on est ensemble et on s'aime. Même si ça ne se voit pas, dans un rêve, les gens qui s'aiment, je le ressens tellement fort que j'ai l'impression que c'est vrai. Après, c'est sûr, quand je me rends compte que j'ai rêvé, je suis triste, mais ça passe, et puis Elizabeth sonne et je suis content.

Quelquefois, je rêve qu'on fait l'amour, et quand je me réveille je suis tout rouge.

Adam dit que quand Elizabeth retourne à son appartement, le soir, elle emporte mon sourire avec elle.

C'est vrai que mon bonheur, il dort en bas, à côté d'elle.

« Allô ?
— Ça y est, c'est arrivé !
— Lucinda ? Qu'est-ce qu'il se passe ?
— Le coursier n'est pas passé chez toi ?
— Non, pourquoi ?
— Il ne va pas tarder, alors. Il va t'apporter la presse d'aujourd'hui.
— Pour quoi faire ?
— Tu es en première page de tous les journaux ! Tous !
— C'est pas la première fois, Lucinda, je ne vois pas ce qu'il y a d'extraordinaire…
— Tu n'as pas compris, je crois. Ce n'est pas *Monsieur le juge* qui est en première page. C'est toi.
— Moi ?
— Oui, toi !
— Bon sang, mais… Attends, Lucinda, on sonne.
— OK, rappelle-moi ! »

Je signe le bon de livraison, et ouvre le colis. Nerveusement, je passe en revue tous les journaux et magazines d'aujourd'hui, et c'est exactement la même photo qui fait la une, chaque fois : on me voit devant la porte de mon immeuble. J'ai mon trousseau de clés dans la main, la photo est un peu floue, je crois qu'elle a été prise de loin. Je porte mon pull préféré, le vert avec le petit écusson, devant. Au-dessus ou en dessous de la photo, selon les journaux, les titres sont à peu près les mêmes : « Personne n'est plus moyen que lui ! », ou « Voici l'Homme le plus moyen du monde ! »

Dans les quelques articles que je lis, tout le monde a l'air très content de m'avoir trouvé, ils se doutaient qu'il y avait forcément quelque part un homme à la perfection moyenne, et voilà, ça y est, ils le tiennent.

Je suis désespéré. Ma vie de rêve est bel et bien finie. J'ai fait tout ça pour rien. Je suis comme avant.

« Allô, Lucinda ?

— Alors, tu as vu ?

— Oui, j'ai vu.

— Tu ne peux pas savoir à quel point je suis heureuse. Depuis le début, dès notre rencontre lors de la première émission, j'espérais que les choses se passeraient ainsi.

— Quoi, tu t'en doutais ?

— Oui, bien sûr. C'est mon métier, tu sais. Je t'ai dit ce jour-là que personne d'autre n'était *tout le monde*. Et aujourd'hui, enfin, les gens ont compris que ton universalité te rendait unique. Tu te rends compte ? Tu es unique car tu es *tous*. C'est tellement paradoxal que c'en devient miraculeux. Tu vas devenir la plus grande star qu'on ait jamais connue. Beaucoup plus que *Monsieur le juge*, plus encore que *l'Homme le plus beau du monde*. Car, contrairement à lui, tu n'es pas qu'un physique : tu es aussi, et surtout, un message. Une idée.

— …

— Tu restes sans voix, n'est-ce pas ? C'est normal. Mais ne te fais pas de souci, tout est réglé. Je sors de réunion avec toutes mes équipes, nous avons ton planning pour les deux années à venir. Voilà comment les choses vont se passer : d'abord, une voiture va passer vous prendre, toi, Adam et le chien. Elle va vous amener dans un lieu retiré et totalement secret. Tu y resteras quelque temps, pour faire monter la pression dans les médias. Ensuite, nous organiserons un show planétaire, *Qui est l'Homme le plus moyen du monde ?*, qui va être colossal. Ensuite, nous avons pensé à une émission, *Qui veut épouser l'Homme le plus moyen du monde ?*, puis nous…

— Non, Lucinda.

— Comment ça, non ?

— Non. Je ne veux plus de tout ça.

— Tu n'en veux plus ? Mais enfin, qu'est-ce que tu racontes ? Après tout ce que j'ai fait pour toi ?

— Je te remercie, mais c'est terminé.

— Rien n'est terminé ! Oublies-tu que je t'ai sorti de la rue ? Que c'est grâce à moi que…

— Adieu, Lucinda. »

Je raccroche le cœur gros, en sachant déjà ce que je vais faire.

Cette fois, j'ai bien fait les choses. J'ai viré tout mon argent sur le compte d'Adam, et j'ai mis tous mes biens au nom d'Elizabeth, sauf un appartement de secours sous un faux nom. Pas question de me retrouver sans rien, je sais que je pourrai toujours compter sur eux, qu'ils ne me laisseront pas tomber. Enfin, j'espère, parce que pour l'instant ils ne sont pas au courant. Dans le doute, j'ai retiré pas mal d'argent, vu que je ne sais pas comment je serai quand je reviendrai, et si jamais ils ne me croyaient pas… Hors de question que je me retrouve encore à la rue.

Je ne sais même pas si je reviendrai, d'ailleurs, parce que je ne suis pas du tout sûr de pouvoir retrouver cette femme, et si j'y arrive, il faudra qu'elle accepte de m'aider encore une fois.

Sinon, eh bien…

Sinon je me laisserai mourir au soleil, et on n'en parlera plus.

Tranquille.

Je suis content, il ne m'a fallu que cinq jours pour arriver chez les Turkana. Cinq jours d'avion, de bus, de voiture, à dos d'animal et de marche. Un de moins que la première fois, c'est bien. J'ai eu de la chance.

J'ai tout de suite reconnu le grand acacia avant le village. Comme la première fois, je me suis reposé contre son tronc, et depuis un moment je regarde les Turkana avec mes jumelles, bien au frais, à l'ombre. Il faut que je reprenne des forces avant d'aller dans le désert.

J'ai l'impression que quelque chose a changé, dans le village. Il y a toujours ces petites maisons, les enfants qui jouent, mais… Je crois bien que ces deux cases n'étaient pas là, la dernière fois. J'en suis même sûr, le village était tout arrondi, et là ces deux maisons sont à l'extérieur, comme si des gens vivaient un peu à l'écart. Je compte au moins trois hommes et deux femmes. C'est bizarre, qu'est-ce qu'ils font là ?

« Ils sont exclus. »

La voix dans mon dos me fait sursauter. Je me retourne, et je vois…

La vieille femme.

« La tribu a décidé de les exclure. Le conseil a jugé qu'ils ne devaient plus partager la vie des autres. On leur donne à manger les restes, et ils ne peuvent plus se marier avec des gens du village.

— Mais pourquoi ?

— Parce qu'ils sont trop beaux. »

J'aurais dû m'en douter. Le culte du moyen est arrivé jusqu'ici. Peut-être que ces gens ont trop de cicatrices bien gonflées, ou alors pas assez. Les trous dans leurs lèvres sont trop grands, ou trop petits… De toute façon, je ne comprends plus rien. J'en ai assez de tout ça. De ce malheur que j'ai créé, même ici, à l'autre bout du monde.

Je balance mes jumelles le plus loin possible. Je ne veux plus rien voir.

« Je sais la raison de ta venue.

— Vous m'avez reconnu ?

— Je sais qui tu es, oui. Et je sais pourquoi tu es là. Alors tiens, prends ceci. »

Elle me tend un petit sac de toile, rempli d'herbes, de racines et d'autres choses bizarres, exactement comme la dernière fois.

« Mais comment vous saviez que…

— Je savais, simplement. Mais je ne voulais pas que tu te perdes à nouveau dans le désert et que tu défies la mort. Tu aurais perdu cette fois, car ton corps ne l'aurait pas supporté. Je suis donc venue à toi.

— Merci.

— Ne me remercie pas. Il va falloir que tu en fasses bon usage, car c'est ton ultime chance.

— Oui…

— Sois-en conscient ! Même si tu revenais, un jour, même si tu retournais chaque grain de sable de ce désert, tu ne me retrouverais pas.

— Très bien.

— Par-dessus tout, souviens-toi que les maux de ton âme sont plus puissants que ceux de ton corps.

— Je m'en souviendrai.

— Allez, va maintenant. Et n'oublie pas d'attendre la prochaine lune ronde. »

Je m'approche d'elle et la prends dans mes bras, fort. Je sens ses mains usées caresser mon dos. Grâce à elle, je vais pouvoir vivre une troisième vie. La première a été une prison, mais, dans la deuxième, j'avais tout pour être heureux. Je n'ai pas tiré les leçons de mes erreurs et j'ai tout gâché. Cette fois, c'est ma dernière vie. Ma dernière chance.

Je remets le turban autour de mon visage. Dans cinq jours, je serai revenu chez moi.

Je suis nerveux. Dans une heure à peine, j'aurai atterri et je rentrerai chez moi. La pleine lune, c'est ce soir. J'ai passé tout mon voyage à me demander comment utiliser ma potion magique, mais je n'ai toujours pas trouvé.

Par le hublot, je vois le jour qui commence à faiblir. Plus que quelques heures pour me décider. Et, surtout, pour ne pas me tromper.

Qu'est-ce que je pourrais bien demander ? Devenir un peu plus que moyen, ou un peu moins ? Ça ne veut rien dire. Et puis, si en devenant plus que moyen je devenais presque beau ? J'ai déjà fait assez de victimes, je n'ai pas envie de me sacrifier en plus.

Alors quoi ? Comment fait-on pour choisir ce qu'on veut être ?

Le problème, c'est que je suis obligé de changer, si je veux une vie normale. Enfin, je ne sais même plus ce que ça veut dire, *normale*.

La seule chose que je sais, c'est qu'il faut que je me dépêche de trouver.

Je ne sais pas si…

Peut-être que…

Mais oui !

Il fait presque nuit, et ce taxi fait du surplace depuis un moment. Je ne sais pas ce qui se passe, mais j'ai l'impression qu'il fait encore plus chaud qu'au Kenya. Quitter l'Afrique pour revenir ici en pleine canicule, au moins, je ne suis pas dépaysé. On n'avance toujours pas, et je vois déjà la pleine lune se dessiner…

« Vous pouvez aller un peu plus vite, monsieur ?
— Si vous m'apprenez à faire voler mon taxi, je veux bien ! »

Normalement, la blague m'aurait fait rire, mais là, c'est pas le moment.

« Pourquoi ça n'avance pas ?
— Un incendie, je crois, j'ai vu plein de camions de pompiers, tout à l'heure.
— Ça va durer encore longtemps, vous croyez ?
— J'en sais rien. Tout le centre est bouché. Dites, vous mourez pas de chaud avec ce turban sur le visage ? Et pourquoi vous en portez un, c'est une nouvelle religion ?
— Pas du tout. C'est, euh… une nouvelle mode.

— Ah bon ? J'aime bien, je dirai à ma femme de m'en acheter un. Sinon, vous voulez que je mette la radio, pour patienter ?

— Non, merci. Je crois que je vais rentrer à pied.

— Comme vous voudrez.

— Tenez.

— Merci, m'sieur ! »

Après tout, je ne suis pas si loin, peut-être un kilomètre. Allez, marchons gaiement. C'est la dernière fois que je marche en homme *moyen*, autant en profiter.

Je vois la lune de plus en plus nettement. Mais ça ira, je suis déjà à mi-chemin, plus que cinq cents mètres, même pas.

Qu'est-ce qu'il fait chaud ! J'ai une de ces soifs…

Je sors la bouteille de mon sac à dos, baisse un peu mon turban pour dégager ma bouche…

« Mais c'est vous !

— Pardon ?

— Oui, c'est vous, *l'Homme le plus moyen du monde*, je vous ai reconnu !

— Ne criez pas, s'il vous plaît, je suis très pressé et…

— Hé, tout le monde, regardez ! C'est lui ! »

Les gens se tournent vers moi et commencent à s'approcher. Ils ameutent d'autres gens, tous ceux qui passent.

Une femme me saute dans les bras, puis une deuxième, trois, les hommes crient, des flashes crépitent de partout, je sens des mains attraper mes vêtements, ma peau, j'ai mal, tout recommence comme avant.

Deux femmes commencent à se battre, leurs maris s'en mêlent, j'entends des bruits de coups parmi les cris et cette bagarre attire encore plus l'attention, la foule m'entoure, ils sont trop nombreux, je sens qu'on me griffe, qu'on me caresse trop fort et j'ai mal.

Et j'ai peur, encore.

Alors, je hurle.

« LAISSEZ-MOI TRANQUILLE ! »

Pendant une seconde, tout le monde s'arrête et se tait. J'en profite pour me débattre et m'enfuir.

Mais je n'ai que quelques mètres d'avance et j'entends les gens courir derrière moi. Je me retourne, ils me suivent, ils crient, ils sont des dizaines, un homme me rattrape et je lui envoie un coup de coude dans le visage, un autre arrive presque à ma hauteur, je sens ses doigts agripper ma chemise, mais je tourne dans la rue à droite et, emporté par son élan, il me relâche.

C'est *ma* rue.

Cours, cours vite.

Souviens-toi du code de l'entrée.

Ne te retourne pas.

Je n'en peux plus de courir. J'ai mal au ventre, mais j'arrive.

Mes doigts tremblent.

Je tape 2-5-0-6-A.

Je pousse la porte vitrée et, à la seconde où je la referme, mes premiers poursuivants viennent s'écraser contre elle.

Je suis sauvé.

Dos à la porte, je reprends mon souffle, mais je sens les coups qui se font de plus en plus forts contre la paroi. Des mains, des dizaines de mains qui tapent contre le verre.

Je fais quelques pas vers l'escalier et monte les premières marches.

Et puis le bruit.

Un bruit énorme.

La vitre se brise dans un fracas effroyable. Je vois les premières jambes enjamber les tessons et entrer dans l'immeuble.

Pas le temps de réfléchir. Je monte les escaliers aussi vite que je peux, mais je suis à bout de souffle, je n'en peux plus.

Je vois la porte. La porte d'Elizabeth.

Je frappe aussi fort que possible.

« Elizabeth, ouvre-moi, vite ! Elizabeth ! »

J'entends ses pas derrière la porte.

Vite !

Elle entrouvre.

« Tu es là ! On s'est fait un souci, t'imagi… Non ! »

Elle a beau crier, je la pousse et entre. Je referme derrière moi et tourne les verrous.

« Tu n'as pas le droit d'entrer chez moi !

— Ne t'énerve pas, regarde par le judas, d'abord. »

Elle colle son œil contre la porte un moment et se retourne vers moi.

« C'est quoi, tous ces gens qui passent en courant ? Dans notre immeuble, en plus !

— Ils me poursuivent, ils me harcèlent. Appelle la police, s'il te plaît. J'ai eu tellement peur… »

Pendant qu'elle attrape son téléphone, je m'assois dans le canapé et essaie de reprendre mon souffle.

Je n'y arrive pas vraiment.

Elizabeth raccroche, et vient vers moi. Elle a l'air bizarre, mal à l'aise.

« Qu'est-ce qu'il s'est passé ?

— Il s'est passé que je ne peux plus faire un pas sans être pourchassé. J'en ai marre.

— Il va falloir que tu t'y habitues, tu sais. Tu es *l'Homme le plus moyen du monde*. Personne n'est plus séduisant que toi, maintenant.

— Si je suis tellement séduisant, pourquoi est-ce que tu ne veux pas de moi ?

— Parce que, contrairement à tout le monde, je n'aime pas tant que ça la *moyennitude*.

— Ah bon ?

— Enfin si, j'aime ce qui est moyen, mais il y a autre chose que j'aime par-dessus tout.

— Quoi donc ?

— Mais tu ne l'as pas vu, en entrant ?

— Quoi ?

— Eh bien, lui !

— Pourquoi, il est ici ?

— Oui.

— Où ça ?
— Mais enfin… Il est partout. »

Elle fait un grand geste avec son bras, comme pour me montrer tout son appartement.

Et là, je *le* vois.

Dans ma panique, j'étais entré ici sans rien regarder. Et maintenant, partout où je pose les yeux, il est là.

Sur chaque centimètre carré de mur, des photos de lui.
Sur le plus petit bout de table ou d'étagère, des cadres, des objets à son effigie.
Il occupe chaque parcelle de cet appartement.
Elizabeth ne m'avait pas menti. Il vit ici. Il est chez lui.

« Tu comprends pourquoi je voulais que personne n'entre ?
— Oui, je comprends maintenant. C'est avec lui que tu vis, alors ?
— Oui. Je n'ai jamais cessé de l'aimer.
— Tant que ça ?
— Oui. Jusqu'à ma mort, j'aimerai *l'Homme le plus beau du monde*. »

Je me lève et je fais le tour de l'appartement. Je reconnais toutes les photos, tous les posters. Chaque objet, aussi. Il y en a des centaines, des milliers.

« Tu trouves ça ridicule, n'est-ce pas ?
— Non. Je trouve ça… dommage.

— Pourquoi dommage ?

— Non, non, pour rien. Mais explique-moi une chose.

— Oui ?

— Avant, tout le monde adorait *l'Homme le plus beau du monde*. C'était presque un dieu. Et maintenant, les gens le haïssent, comme un symbole de tout ce qu'ils détestent. Pourquoi tu l'aimes encore, toi ?

— Tu veux vraiment le savoir ? Je sais les sentiments que tu as pour moi, et je ne crois pas que…

— Dis-moi. S'il te plaît. »

Je vois bien qu'elle hésite, qu'elle cherche comment me raconter tout ça, par quoi commencer. Sur le mur en face de moi, je vois les cinq photos, les fameuses cinq premières photos de *l'Homme le plus beau du monde*. Elles sont bien encadrées, comme des tableaux qui vaudraient très cher.

« Eh bien, il y a quelques années, j'ai fini mes études et j'ai été engagée pour une émission produite par Lucinda.

— Et ?

— On a eu une grande réunion de *brain-storming*, on devait trouver un nouveau concept. Tout le monde a fait plein de propositions, pourtant rien n'allait. Au bout d'un moment, j'ai pris mon courage à deux mains et j'ai soumis mon idée. Lucinda a adoré, et l'émission s'est faite.

— C'était quelle émission ?

— *Qui veut épouser l'Homme le plus beau du monde ?* Personne ne le sait, mais c'était mon idée. »

Là, en un instant, tout me revient. Alors, c'était elle, c'était Elizabeth !

J'ai l'impression que mon cœur vient de s'arrêter de battre.

« Lucinda m'a dit que j'étais invitée chez lui, le soir même… »

Je m'en souviens, maintenant. Lucinda m'avait demandé de sortir *le grand jeu* pour elle…

C'était elle. Elizabeth. *Mon* Elizabeth.

« … mais il s'est passé quelque chose de terrible. Lucinda l'a rejoint derrière sa vitre sans tain, et là…

— Oui ?

— Il n'avait pas coupé son micro. Tout le monde, dans la salle, a entendu ce qu'ils se sont dit.

— Quoi donc ?

— Il a dit que je n'étais pas belle. Que j'étais ordinaire. »

Quel idiot…

« Les gens m'ont regardée et ont ri. Cette phrase a tout détruit en moi. Alors, je l'ai détesté.

— Détesté, carrément ?

— Oui, j'ai haï celui que tout le monde aimait. Tu sais, quand on est une fille comme moi, et qu'on a mis des années à s'accepter parce qu'on ne se trouve pas assez jolie, on ne supporte pas une phrase comme celle-là. Le peu de confiance en moi que j'avais réussi petit à petit à me construire, il l'a démoli. Il m'a humiliée comme ça, d'un claquement de doigts.

— Mais pourquoi tu l'aimes encore ? Je n'y comprends rien…

— Parce que tu ne me laisses pas finir. Tout à ma haine, j'ai voulu le piéger. J'ai fait comme si de rien n'était, et je suis allée chez lui. »

Le pire, c'est que je n'ai aucun souvenir de cette nuit-là. J'ai eu tellement de femmes à l'époque… Je crois que je ne m'en rappelle pas une seule.

« Ce soir-là, après que nous avons… euh…

— Oui, j'ai compris.

— Après, donc, je suis allée chercher du champagne, et j'ai glissé des somnifères dans son verre.

— Des somnifères ? Pour quoi faire ?

— Pour l'humilier à son tour. Je me suis dit qu'une fois qu'il serait endormi, je prendrais des photos de lui aussi dévalorisantes que possible, comme par exemple lui mettre mes sous-vêtements, le maquiller, lui faire prendre des poses débiles, avec un doigt dans le nez… Pour ne pas prendre de risques, je lui avais donné une dose de cheval, afin d'être sûre de pouvoir casser son image de perfection. Qu'il comprenne un instant ce que c'est, de ne pas être parfait. Ça l'aurait peut-être rendu humain, de nous comprendre.

— Je suis sûr qu'il l'est, maintenant.

— Quoi ?

— Rien, pardon.

— J'ai attendu que les cachets fassent effet, mais ça ne s'est pas passé comme prévu.

— Ah ?

— Non, pas du tout. Je crois que j'ai un peu forcé sur la dose et, mélangé au champagne, ça a donné un drôle de cocktail. Il s'est mis à délirer.

— À délirer ?

— Oui, il disait des choses complètement incohérentes. Je ne comprenais rien. Après, il a mis la musique à fond et s'est mis à danser nu dans la chambre, en sautillant partout. On aurait dit un gamin, c'était bizarre. Et puis, d'un coup, il s'est écroulé sur le lit.

— Tu as pris des photos ?

— Oui, quelques-unes. »

Elle se lève, et va chercher sous un vase une petite clé. Avec cette clé, elle ouvre le tiroir d'une commode, en sort une grande boîte. Elle l'ouvre et en sort une petite boîte. De cette petite boîte, elle sort une pile de photos et me les donne.

« Je ne les avais jamais montrées à personne.

— Mais elles sont bien, ces photos ! Il est juste tout nu en train de dormir !

— Oui. C'étaient les premières. Ensuite, je me suis approchée, et j'ai commencé à essayer de le faire bouger pour les photos suivantes, mais il s'est réveillé. »

Je ne me souviens vraiment de rien…

« Il a eu un sursaut, comme s'il venait de faire un cauchemar. J'ai eu peur qu'il ne voie l'appareil, mais il était dans un état second. Il m'a regardée droit dans les yeux, et c'est là que tout a basculé.

— Que s'est-il passé ?

— Il m'a dit trois mots.

— C'est tout, juste trois mots et tu es tombée amoureuse de lui ?

— Oui. Il m'a dit : "Je suis malheureux." Et il s'est rendormi. »

C'est vrai que j'étais malheureux. À cause de la mort de mes parents, à cause de ce que j'étais, de ma solitude. Mais je n'avais personne à qui en parler…

« J'ai vu dans son regard qu'il était sincère, qu'il ne trichait pas. Ce regard… Il y avait un grand vide. Un gouffre. Je me suis rendu compte que je me trompais. Mon jugement sur lui avait été aussi hâtif que le sien sur moi. Je croyais que parce qu'il avait tout, il était comblé et se permettait de dire ou faire des choses blessantes, cruelles. Mais en fait, pas du tout. Il n'était pas celui que j'imaginais. Celui que j'avais devant moi, ce n'était plus *l'Homme le plus beau du monde,* mais juste un homme. Car il n'avait pas tout. Il lui manquait le bonheur. »

Un frisson parcourt mon corps, mes poils se hérissent.

Si j'avais su qu'elle avait tout compris, les choses auraient pu être tellement différentes…

« Ce sont les autres qui l'ont rendu comme cela, tous les autres. Ceux qui lui donnaient tout sans rien demander, juste parce qu'il était beau. J'ai su à ce moment-là que j'étais la seule à avoir vu un peu de celui qu'il était vraiment, à l'intérieur. Celui que personne n'avait jamais essayé de comprendre. Alors, je l'ai aimé, dans la seconde. Et j'ai su que j'étais la seule à l'avoir aimé vraiment. Je l'ai bordé, puis je suis partie.

— Mais tu ne l'as pas revu ?

— Si, deux jours plus tard, pour les préparatifs de l'émission. Mais il ne m'a pas reconnue, je crois. Il avait remis son costume de *l'Homme le plus beau du monde*. »

Elle a l'air triste, soudain. Elle ne dit plus rien. Du coup, je reste silencieux, moi aussi. Perdu dans mes pensées. Elizabeth, la femme que j'aime, aimait celui que j'étais, avant. Mais j'étais incapable de l'aimer.

Aujourd'hui, je suis fou d'amour pour elle. Je me rends compte que je n'ai jamais aimé personne d'autre. Mais c'est trop tard.

J'ai tout raté. Les larmes me montent aux yeux.

« Tu pleures ?
— Non, c'est à cause des oignons.
— Quels oignons ? Il n'y pas d'oignons, ici !
— Ah. Alors peut-être que je pleure, oui. »

Elle a un petit rire attendri, qui retombe aussitôt. J'aime bien faire rire quand je suis triste, ça ralentit un peu les larmes, une seconde ou deux. C'est toujours ça de gagné.

Elizabeth a les yeux embués, elle aussi. J'ai l'impression qu'elle se sent coupable, que j'aie mal comme ça.

« Ce n'est pas ta faute, si je pleure. C'est la mienne.
— Tu n'y es pour rien, voyons. Mais je me suis fait la promesse de l'aimer toujours, du plus grand et pur amour qui soit… Je sais que c'est ridicule, surtout après tout ce temps, mais…

— Non, ce n'est pas ridicule. C'est beau. Et c'est parce que c'est beau comme ça que je pleure. Parce que j'aurais pu le vivre avec toi, l'amour grand et pur, mais j'ai voulu changer. Si j'étais resté le même, peut-être que…

— Que dis-tu ?

— Oh, tu ne me croirais pas…

— Dis toujours !

— Tu vas me prendre pour un fou, mais au point où j'en suis… *L'Homme le plus beau du monde,* c'est moi.

— Oui, en quelque sorte, tu l'es devenu.

— Non, pas du tout ! Je suis vraiment lui, celui qui est sur tes murs, celui pour qui tu as trouvé l'idée de l'émission, celui avec qui tu as passé la nuit, celui qui t'a dit : « Je suis malheureux »… Cet homme, c'est moi. Enfin, c'était moi. J'ai changé, depuis.

— Tu avais raison, je vais commencer à te prendre pour un fou.

— Laisse-moi te poser quelques questions, Elizabeth. Ne trouves-tu pas étrange que *l'Homme le plus beau du monde* ait pu disparaître comme cela, du jour au lendemain ?

— Oui, c'est même incompréhensible. Comment a-t-il pu passer inaperçu depuis tout ce temps ? Certains disent qu'il vit seul sur une île cachée au milieu de l'océan, mais je n'y crois pas. On l'aurait retrouvé, et de toute façon, je suis persuadée qu'il était malheureux à cause de sa solitude, justement…

— Nous sommes d'accord. Alors essaie de te mettre dans sa peau un instant. Tu es sublime, adulé, richissime, mais malheureux car tu es condamné à être aimé pour toutes ces mauvaises raisons. Ta vie n'a été qu'un long enfermement, une solitude abominable. Quel serait ton vœu le plus cher ?

— Eh bien… de vivre une vie normale, je suppose.

— Exact. Et comment y parvenir ?

— Je ne vois pas de solution. La chirurgie, peut-être ?

— Mieux que ça. Si tu pouvais faire un vœu, que demanderais-tu ?

— Que cherches-tu à me faire dire ? Je ne sais pas, moi, puisque je vis dans un monde où ce genre de chose n'est pas possible !

— Eh bien, justement, j'ai découvert que dans notre monde, la magie existait. »

Elizabeth a une drôle d'expression, entre le sourire gentiment moqueur et la curiosité.

« La magie, tu dis ? Raconte-moi ! »

Je suis sur le point de tout lui expliquer quand on entend un vacarme incroyable dans l'immeuble. Je regarde par le judas et vois de nombreux policiers qui commencent à chasser les intrus. Dans le couloir, ça se bagarre sec, et au milieu de cette agitation j'aperçois Adam qui essaie de se faufiler en portant Jack sous un bras. Les policiers sont de plus en plus nombreux, et Adam évite de justesse un coup de matraque. Quand il arrive tout près de la porte, j'ouvre et le tire à l'intérieur. Il pousse un cri de joie et m'embrasse très fort : il était mort d'inquiétude. En plus, la banque l'a appelé, il y a plein d'argent sur son compte, il ne comprend rien à ce qui lui arrive.

En remarquant la décoration de l'appartement, il lance « Oh ! ben dis donc ! C'est pas un peu chargé ? »

et puis c'est tout. Rien ne le choque vraiment, il est comme ça, Adam. Ça soulage Elizabeth que ni lui ni moi ne trouvions ça trop bizarre. Elle se détend et retrouve presque le sourire :

« Tu tombes bien, Adam : nous allons entendre une histoire de magie…

— C'est vrai ? Tant mieux, Jack et moi on adore les histoires de magie ! Hein Jack ? »

Adam sort un sucre de sa poche, le tient à quelques centimètres de la truffe de Jack et le remue de haut en bas, lui faisant faire *oui* de la tête.

« Tu vois, Jack confirme ! »

Elizabeth rit franchement, cette fois.

« Allez, asseyez-vous, de toute façon, vu ce qu'il se passe dans l'immeuble, je pense qu'on est bloqués ici pour un bon bout de temps ! »

Nous nous installons, Elizabeth nous sert un verre de vin, et je leur raconte tout.

Toute ma vie.

Mon enfance, la mort de mon père, tout ce qui n'est pas dans le livre de Lucinda. Je ne sais pas s'ils me croient, mais mon histoire les passionne, comme s'ils écoutaient un conte de fées, peut-être. Elizabeth ouvre une autre bouteille, et je raconte, encore. Parfois, elle me coupe pour me poser une question : Comment ai-je pu rester enfermé si longtemps ? N'ai-je pas été un enfant trop malheureux ? M'arrivait-il de rire encore, après la mort de papa ? Cette Sandra était-elle si belle que ça ? On dirait qu'Elizabeth est jalouse, un peu. Adam, lui, ne dit rien. Il se contente d'écouter, les yeux écarquillés.

Je n'arrête pas de parler, c'est fou. J'essaie de n'oublier aucun détail, je suis certain qu'Elizabeth va finir par me croire. Je parle de l'Afrique, de la vieille femme, de ma transformation, demandée trois fois sous la pleine lune. Puis les choses qui tournent mal, la prison, la misère, la rue, ma rencontre avec mon seul ami. Adam est tout ému que je parle de lui, il dit que je raconte tellement bien qu'il a l'impression d'être un héros de film ou de livre. Ça fait sourire Elizabeth.

Enfin, je leur raconte mon périple de ces derniers jours.

« Si je comprends bien, ce que tu as dans ce petit sac va te permettre de changer encore une fois ?

— Oui. D'ailleurs, la lune est pleine. C'est le moment. »

Ils me fixent tous les deux, incrédules. Je prends une grande respiration :

« Adam, Elizabeth, vous êtes les deux seules personnes qui comptent pour moi.

— Attends, y a Jack, aussi !

— Oui, Adam, y a Jack, aussi. Tu as une chambre d'amis, Elizabeth ?

— Oui, au fond, là.

— Bon. Dans quelques minutes, je vais aller dans cette chambre, m'enfermer. Je vous demande à tous les deux de rester dans l'appartement, et d'attendre que j'en sorte, demain matin en principe.

— Moi ça me va, je dormirai sur le canapé avec Jack.

— Quand je sortirai, j'aurai changé, grâce à la potion. Vous aurez la preuve que ce que je vous ai raconté n'est pas un conte, mais la vérité. Je sais, c'est incroyable, mais vous verrez, la magie existe. De toute façon, vous n'avez rien à perdre… C'est d'accord ? »

Ils se regardent l'un l'autre et hochent la tête.

« D'accord !

— Merci. Mais surtout, je vous en prie, si tout ne se passe pas comme prévu, ne me rejetez pas. Je ne le supporterai pas. »

Je vais dans la cuisine, fais bouillir de l'eau, plonge tout ce qu'il y a dans le petit sac, cherche une passoire dans les placards. Je mets ma potion dans un bol avec une photo de *l'Homme le plus beau du monde,* au fond.

Ensuite je retourne au salon et je les embrasse, tous les deux.

J'ai envie de pleurer.

C'est bête, je les revois dans quelques heures.

Non, c'est pas si bête, après tout. Parce que peut-être qu'eux, ils ne voudront plus me voir.

Mais ma décision est prise. Je les regarde une dernière fois, et m'enferme dans la chambre.

J'avais prévu de changer une nouvelle fois pour qu'on ne me reconnaisse plus, mais maintenant que je sais, pour Elizabeth… Elle m'a toujours aimé, depuis ce jour dont je ne me souviens pas. J'avais ce trésor entre mes mains et je ne m'en étais pas rendu compte, j'ai même tout oublié. Ce n'est pas d'être beau qui m'intéresse : c'est d'être l'Homme qu'Elizabeth aime. Alors je vais redevenir celui-là.

Je m'assois sur le lit, face à la fenêtre.
Je regarde la lune.
Je bois.
Je dis la phrase, tout haut.

« Je veux être celui qu'Elizabeth aime.

Je veux être celui qu'Elizabeth aime.

Je veux être celui qu'Elizabeth aime. »

Je m'allonge, impatient que la potion fasse son effet. Je n'ai pas à attendre trop longtemps : au bout de quelques minutes une chape de plomb s'abat sur moi. Je sens que la magie opère.

Peut-être demain vais-je, enfin, vivre ma vie de rêve.

Un grincement métallique me tire de mon sommeil. J'entends la poignée tourner, puis la porte de la chambre s'ouvrir doucement. Le jour n'est pas encore levé, mais les premiers rais de lumière me permettent de voir l'intruse : Elizabeth. Seulement vêtue d'une petite nuisette, elle referme la porte et s'approche sur la pointe des pieds. Je fais semblant de dormir encore, Elizabeth tire le drap et s'allonge délicatement à côté de moi ; elle pose sa tête dans le creux de mon épaule, puis embrasse mon cou. Son souffle chaud me fait frissonner.

« Que fais-tu là, Elizabeth ?

— Je n'en pouvais plus d'attendre que tu te réveilles. Je viens vivre mon rêve d'amour grand et pur avec l'Homme que j'ai toujours aimé.

— Ça y est ? Ça a marché ?

— Ton histoire me paraissait trop belle pour être vraie, je l'avoue... Je ne croyais pas cela possible, mais je dois me rendre à l'évidence. La magie existe. »

Je me demande un instant si je ne suis pas en train de rêver ; moi non plus, je n'ai pas tendance à croire aux histoires trop belles pour être vraies. Pourtant, je vois le regard d'Elizabeth, à quelques centimètres du mien. J'y vois qu'elle m'aime. J'y vois qu'elle me trouve beau.

Mon rêve se réalise, enfin.

La potion a fonctionné à merveille. Je suis redevenu celui que j'étais ; je l'ai fait pour Elizabeth. Tant pis si partout on souhaite ma mort, tant pis si le monde entier me hait : au moins mon petit monde m'aime. Quant à moi, eh bien… il ne me restera qu'à éviter les miroirs. Cela n'a pas d'importance. Et puis, avec le temps et les regards d'Elizabeth, peut-être arriverai-je à accepter cette beauté, moi aussi ?

Le monde entier me hait… j'avais oublié ce « petit » détail.

« Je ne peux plus sortir, dorénavant. Je vais devoir rester enfermé ici, tu en es consciente ?

— Ce dont je suis consciente, c'est que j'aimerais rester enfermée avec toi. Pour toujours. »

Nous nous embrassons. Un vrai baiser, long, doux et tendre. Jack aboie, de l'autre côté de la porte, Elizabeth décolle ses lèvres des miennes.

« Tiens, Adam doit être réveillé !

— Il faut qu'il me voie, il va faire une de ces têtes ! »

Je bondis hors du lit, me précipite vers la porte, mais je m'arrête net et fais demi-tour, donne un petit baiser à Elizabeth, et retourne vers le salon.

« Salut, Adam !

— Salut !

— Alors, pas trop ébloui par ma beauté ?

— Euh, pas vraiment, non. Enfin, pas plus qu'hier, quoi !

— Ah oui, j'oubliais, tu t'en fiches, toi, de la beauté.

— Non, c'est pas ça, c'est juste que t'es pas vraiment beau. Attends, me dis pas que t'as rien remarqué ?

— Quoi ?

— Va te regarder dans la glace ! »

Je me précipite à la salle de bains et fais face au miroir. J'ai beau tâter mon visage et me regarder sous tous les angles, je dois me rendre à l'évidence : je n'ai pas changé d'un iota. Je suis toujours *l'Homme le plus moyen du monde*. Mais alors, pourquoi Elizabeth m'aime-t-elle ? Je ne comprends rien. Adam me crie depuis le salon :

« Y a pas de quoi être déçu, crois-moi, parce que niveau déco, ta magie elle a fait fort ! »

Je retourne au salon, et vois mon visage partout. Sur chaque poster, chaque photo, chaque bibelot. Mon visage d'*Homme le plus moyen du monde*. Adam est hilare :

« Sans vouloir te vexer, c'est quand même moins joli qu'hier, ça paraît encore plus chargé, pour le coup…

Mais grâce à ça, on te croit, au moins ! On sait que t'as dit vrai ! »

Elizabeth se tient dans l'encadrement de la porte de la chambre. Elle secoue la tête, sourire aux lèvres :

« Parle pour toi, Adam ! Je veux bien que vous me croyiez naïve, messieurs, mais tout de même ! Ce tour de passe-passe aurait suffi à me faire croire en la magie ? Vous auriez pu tout préparer depuis longtemps et avoir remplacé les photos et les objets pendant la nuit. C'était totalement dément, comme plan, mais c'était possible. Non, ce qui m'a fait croire en la magie, ce qui m'a fait comprendre qui tu étais, c'est autre chose.

— Quelle chose ?

— À tellement aimer un homme, tu te doutes bien qu'il n'est pas seulement sur mes murs. L'homme de ma vie, mon amour grand et pur, est aussi gravé dans ma chair. Depuis des années, il est tatoué là, sur mon cœur. Et, pendant la nuit, j'ai senti comme une brûlure, ça me démangeait, c'était étrange. Alors je suis allée regarder ce que j'avais. Et j'ai vu… ça. »

Elle tire la bretelle de sa nuisette sur le côté, et dévoile, sur la naissance de son sein, un tatouage de mon visage. Mon visage d'*Homme le plus moyen du monde*, comme sur les photos.

« Et ça, c'est une chose qui fait croire en la magie. »

Je n'en reviens pas…

Quoique…

La vieille femme m'avait prévenu : les maux de mon corps n'étaient pas le plus important. La magie a opéré de la façon la plus simple, finalement : convaincre Elizabeth que j'étais bien celui qu'elle a toujours aimé. Au lieu de modifier mon corps, elle n'a redessiné qu'une partie de sa chair.

Et maintenant, Elizabeth m'aime. Elle ne m'aime ni pour ma beauté ni pour ma banalité… Elle m'aime pour moi…

Comme si elle m'entendait penser, elle s'approche de moi. Ses yeux s'embuent, elle me prend dans ses bras ; et mon cœur frappe si fort qu'un instant j'ai peur que les battements ne la blessent.

J'ignore depuis combien de temps je suis cloîtré dans cet appartement, mais peu m'importe. La vie m'est si douce. Ici, j'ai tout ce dont j'ai rêvé, tout ce pourquoi j'ai tout abandonné : mon ami et mon amour.

Mes journées sont pratiquement toutes les mêmes, et je ne peux rien espérer de mieux.

Nous restons, avec Adam, à parler et à rire. À ne rien faire, le plus souvent, sinon apprendre quelques nouveaux tours à Jack.

Le soir, Elizabeth rentre du travail, elle me prend dans ses bras, embrasse le creux de mon cou.

Puis nous dînons, tous ensemble, et échangeons sur tout, sur rien. On m'a cherché partout, un temps ; peu à peu, les gens finissent par oublier *l'Homme le plus moyen du monde*. Ils aimeront quelqu'un d'autre, bientôt. Ils l'aimeront follement, et la banalité redeviendra ordinaire. Ce jour-là, peut-être aurai-je envie de sortir, et peut-être pourrons-nous nous promener, Elizabeth et moi, main dans la main. Une vie normale, comme tous les autres. Alors je réaliserai mon rêve, en même temps que celui de papa.

En attendant que ce jour vienne, mon univers est ici, entre ces murs.

Face à moi, dans la douce pénombre de ce salon, Adam somnole dans son fauteuil. Son nez émet un sifflement aigu, de temps à autre.

La tête bien calée au creux de mon épaule, Elizabeth dort, elle aussi. Mon bras autour de son cou, je la serre pour qu'elle n'ait pas froid et puisse se laisser doucement aller à ses rêves dans lesquels, j'en suis sûr, nous nous retrouvons.

Seul à rester éveillé en ma compagnie, Jack est roulé en boule sur le canapé. Je le caresse de ma main libre tandis qu'il soupire profondément, et le vois parfois lever la tête vers moi. Alors il me regarde de ses yeux embués, dans le vague de notre quiétude partagée.

Tout cela est si beau.

Les choses sont si simples.

Je suis *l'Homme le plus heureux du monde.*

Un héritage en papier

(Pocket n° 14439)

Quel choc pour ce jeune homme lors de l'ouverture du testament de son grand-père bien-aimé : il ne lui a rien laissé, à part un vieux carnet au cuir râpé, avec une centaine de feuilles vierges. Et une ultime lettre où le grand-père lui apprend que ce carnet est le plus grand trésor dont on puisse rêver. Son grand-père était-il devenu fou ?
Très vite, le jeune homme va découvrir le secret du carnet, un pouvoir mystérieux qui va bouleverser sa vie bien rangée et y faire entrer la folie, la gaieté et l'amour…

Il y a toujours un Pocket à découvrir

Composé par Nord Compo
à Villeneuve-d'Ascq (Nord)

Imprimé en Espagne par
Black Print CPI Iberia
en août 2011

POCKET – 12, avenue d'Italie – 75627 Paris cedex 13

Dépôt légal : septembre 2011
S21488/01